글로 지은 밥

글로

맛。
마음을 잇다

지은밥

유림

행복우물

프롤로그

새로운 계절이 찾아올 때면 찾게 되는 음식들이 있다. 구하기 힘든 재료이거나 특별한 맛이 있어서는 아니다. 시공간을 쉽게 넘나들 수 있는 음악처럼 음식에도 그러한 신묘한 힘이 담겨있다. 타임코스모스를 타고 일억 년 전 엄마를 만나고 온 둘리처럼 다양한 추억이 깃든 음식을 통하여 사시사철 그리운 이들을 잠시나마 만날 수 있기 때문이다.

"들어간 건 별로 없지만 맛있게 먹어."

고달프게만 여겼던 그 시절이 조금씩 그리워지기 시작할 무렵이었다. 단골가게 사장님이 건네준 묵직한 김치찌개 한봉지가 가슴을 뜨겁게 데폈다. 소화제 없이 잠들 수 있는 밤이었다. 이후 일상 속 음식들을 마주하며 불현듯 잊고 지내던 얼굴들을 하나 둘 떠올렸고, 저마다의 맛과 향을 지닌 음식들은 잃었던 미각을 깨우며 꺼져가던 기억을 살려냈다. 불을 지핀 후 흩어진 재료들을 한데 모았다. 조미료는 최대한 사용하지 않으려 했다. 자루를 쥐고 레시피를 곱씹으며, 천천히 요리를 시작했다.

05

서걱서걱
조물조물
지글지글
화르륵

저마다

소리와 울림의

달고 짜고 시고 맵고
희고 붉고 푸르고

맛과 색도
다르다

완성 후 담고 보니 나름 그럴싸한 것도 있고 볼품 없는 것도 있다. 비주얼과 맛은 다른 문제다. 화려하지만 맛은 초라할 수 있고 소박하지만 깊은 맛을 낼 수도 있다. 음식도 그렇듯 기억도 그러하다.

지금부터 지극히 사사롭지만 누구나 부담없이 맛볼 수 있는 이야기로 한상 차리고자 한다. 때론 낯설고 때론 익숙한 미각의 기억이 스러진 그리움을 깨워 포용하는 시간이 되기를 바라며.

2024년
스토리 쉐프 유림

• 목차 •

프롤로그   05

1부. 갈매기살의 진실

만병통치약	13
섬마을 오마카세	17
파스타맨	21
그때는 매운맛, 지금은 고운맛	25
화평동과 냉면	29
돼지 is 뭔들	32
디저트 싫어하는 파티쉐	36
고등어가 있었다면	40
갈매기살의 진실	44
낮술엔 깡	48
서당개 삼 년이면 라떼아트	51
+	
철판닭갈비 vs 숯불닭갈비	54
지린 맛	58
둘레길엔 막걸리	61
혜자스러운 맛	65

2부. 결혼은 따로국밥

모르는 맛   69

건들지 않는 맛   73

약식케이크   76

마가린밥   80

수육이 먹고 싶어서   83

옛통집 VIP   87

식초냉면   90

밥情 글情 주情   94

고사리와 한라산   98

무간 손여사   101

메리골드맨   104

결혼은 따로국밥   108

예술가의 회식   112

가장 좋아하는 과일   117

+

고향의 맛   121

러시아 집밥   124

인도 수제비   128

물갈이엔 미역국   132

3부. 메뉴에 없는 메뉴

메뉴에 없는 메뉴 137

무한리필 김치우동 140

잔반 없는 날 143

국수 vs 라면 147

주전자 미역국 150

호랑이할머니와 쑥개떡 153

선생님과 민어회 157

아빠의 김밥 161

추억의 맛 165

망둥이와 동치미 168

짠순이의 식탁 171

여름반찬 174

코리안 칵테일 177

오뎅 예찬 181

치유의 맛 185

+

아쉬운 맛 189

백야엔 맥주와 닭꼬치 193

1부

갈매기살의 진실

만병통치약

바스락바스락
어릴 적 그의 주머니는
무언가로 항상 불룩해 있었다

돌돌 말린 껍질을 벗겨내면
하얗고 뽀얀 속살을 드러내는
무언가는 바로
박.하.사.탕.

평소 군것질이란 것을
허용하지 않았던 그였지만
이것만큼은 예외였다

이따금
그가 기분이 좋거나 내가 아플 때
주머니에서 하나씩 꺼내주었다

혀 끝에 살짝 대는 순간
싸하게 퍼지는 매운맛은
입 안을 마비시키는 듯 했다

'에잇! 맛 없어!'

슈가파우더가 잔뜩 묻혀진
과일맛 사탕과는 달랐다
치약맛 같았다

열이 팔팔 끓어오르면
그는 내 입을 반쯤 강제로 열어
사탕 하나를 톡 집어넣고는 말했다

"살살 녹여 먹어라"

인상은 찌푸려졌지만
이내 열은 내리고
막힌 코는 뚫렸다

감기에 걸려도
배가 아파도
그는 주머니를 열어 사탕을 꺼냈다
만병통치약처럼

박하사탕은
할머니가 돌아가시기 전
아빠에게 남긴 처방전이기도 했다

그의 재떨이 옆에는
늘 박하사탕이 수북이 쌓여있었다

그토록 싫어하던 '박하'가
다양한 음식에 향신료로 사용되며
호흡기, 소화기 개선 및 해독, 해열 등
여러 효능이 있다는 것을 알게 되었을 무렵

그제야 알게 되었다

박하사탕의 맛이 시원하고 달콤하다는 것을
그리고 더는 내가 아플 때
사탕을 넣어줄 누구도 없다는 것을

★ 작가 추천 레시피

메뉴
생강청

우리가족
만병통치약

재료 : 생강 5kg, 설탕3.5kg, 꿀1.5kg, 통계피 1개, 말린 대추 20개

❶ 생강은 세척 후 껍질을 제거한다

❷ 껍질을 제거한 생강은 즙을 낸 후 반나절 혹은 하루 정도 숙성한다

❸ 그릇 밑에 가라앉은 전분은 버리고, 맑은 즙만 사용한다

❹ 찜통에 생강즙, 설탕, 꿀, 통계피, 말린 대추를 넣은 후 큰불로 끓인다

❺ 생강물이 끓어오르면 약불로 줄이고 1시간 정도 졸인다(타지 않도록 자주 저어준다)

❻ 생강물이 줄고 색이 진해지면 찬물에 생강물을 한 방울 떨어뜨려본다 (이때 퍼지지 않으면 완성)

❼ 식으면 유리병에 담아 냉장고에 보관한다(유리병은 반드시 열탕 소독한다)

태생이 그랬던 건지 어릴 적 간접흡연을 많이 해서인지 비흡연자임에도 기관지가 약하다. 환절기마다 찾아오는 감기에 휴지를 늘 달고 살 뿐더러 사십대가 되어 없던 비염까지 생겼다.

나 뿐만이 아니다. 유전인건지 오빠도 쌍둥이 조카도 마찬가지. 새언니의 할 일이 또 늘었다. 매해 생강을 키로씩 구매해 일일이 손질 후 약처럼 다려 보낸다. 만들다 남은 생강가루는 요리에 사용하라고 따로 챙겨주기까지. 기관지 뿐만 아니라 소화에도 좋은 생강청 한 병 냉장고에 있으면 감기도 체증도 두렵지 않다.

우리 가족 만병통치약, 생강청 레시피를 공유한다.

섬마을 오마카세

주말이면 종종 그 섬을 찾았다. 친구를 보기 위해서. 아니 정확히는 다른 목적이 있었다. 월미도에서 배를 타고 십분 여 정도를 가면 도착할 수 있는 가까운 거리로 지금은 '구읍뱃터'라 불리는 곳에 배가 정박하면 사람과 차, 심지어 갈매기까지 우르르 섬에 쏟아져 내렸다.

친구 집에 짐을 던지듯 놓고 나와 곧장 밭으로 향했다. 초보일꾼이지만 농번기에 조금이라도 보탬이 되고자 했다. 금일 수확해야 할 것들은 붉게 익은 고추와 탱글탱글한 송이들을 알알이 품고 있는 포도

다. 손가락이 뻐근해지고 굽어 있던 허리에 통증이 느껴질 무렵, 저 멀리 커다란 쟁반을 머리에 이고 오는 친구의 어머니가 그리 반가울 수 없다. 그의 꽃무늬 바지가 오늘따라 무척이나 사랑스럽다.

"새참 먹고 하자."

쟁반을 덮고 있던 면보를 걷어내니 갓 쪄낸 감자, 옥수수, 수박, 그리고 식혜까지 한가득이다. 김이 모락모락 나는 옥수수를 양손 반듯하게 받쳐들고 앞니에 한껏 힘을 준 후 좌우로 뜯는다. 살얼음이 동동 띄워진 식혜까지 한사발 들이키고 나면 한여름의 더위도 잠시나마 물러간다. 땀 흘리고 먹는 것은 뭐가 됐든 꿀맛이다.

밭일을 마친 후 친구의 아버지는 우리를 데리고 뻘로 향했다. 그리고 호미를 쥐어 주며 말했다.

"육지에서는 할 수 없는 거야. 섬에서만 할 수 있는 특별한 놀이를 즐겨보도록."

별다른 노하우는 없다. 물 빠진 뻘을 열심히 파다 보면 미처 바다로 돌아가지 못한 조개와 산책중인 칠게를 건져 올릴 수 있다. 호미질은 잠시다.

"이리 와. 천연 머드팩 발라줄게."

온몸이 진흙으로 범벅이 되어서야 갯벌체험은 끝이 난다. 집으로 돌아와 한가득 묻은 먼지와 진흙을 씻어내니 금세 해가 기운다.

"타닥 타닥"

장작 타는 소리는 오늘의 하이라이트이자 피날레가 시작된다는 신호탄. 섬에 도착했을 때부터 아니 아침 버스에 오를 때부터다. 사실 며칠 전부터 손꼽아 기다리던 섬마을 오마카세가 열리는 순간이다.

숯불 위에 처음 올려진 것은 조개다. 우리가 잡은 자잘한 것부터 석화, 가리비, 키조개 등 큼지막하고 다양한 해산물이 올려졌다. '타다닥

타다닥' 장작불 소리가 커지면 하나 둘 '쩌-억' 하고 입을 벌리기 시작한다. 통통하게 부풀어 오른 조개 하나를 초장에 찍어 입 안으로 밀어 넣으면 팡! 하고 터지는 육즙과 함께 바다가 씹힌다. 바다의 맛은 부드럽고 쫀득하다. 허겁지겁 먹기 바쁜 우리를 보고 아저씨는 주방으로 들어가 아이스박스를 들고 나온다. 그러고는 얼음이 한가득 담긴 박스에서 비장의 카드를 선보이듯 초록색 병을 꺼내며 회심의 미소를 짓는다.

"한 잔씩 해. 일하느라 노느라 고생 많았어."

지금 이 순간은 그 어떤 뷔페도 부럽지 않다고 생각했다(당시 제일 맛있고 비싼 식당은 뷔페라 여겼다). 치켜세우며 게걸스레 먹어대는 우리의 속도에 아저씨는 새로운 요리 준비로 분주했다. 이날의 대미를 장식한 메뉴는 홍합탕과 오징어볶음이었다. 조개구이로 시작해 칼칼하고 시원한 국물, 매콤하고 달큰한 오징어볶음까지 이런 호사가 있을까. 특별한 재료 없이 뚝딱뚝딱 만들어내는 아저씨를 보며 우린 한때 그의 꿈이 아마도 요리사이지 않았을까 상상했다.

그렇게 섬에 다녀오고 나면 체중계의 바늘은 심하게 요동쳤다. 이후로도 섬에 갈 때마다 그는 봄이면 쭈꾸미, 여름이면 오징어, 가을이면 꽃게, 겨울이면 꼬막까지 제철마다 재료를 구해 다양한 요리를 해주었다. 평생 이용할 수 있을 줄로만 알았던 섬마을 오마카세는 몇 년 후 문을 닫았고, 우리만의 요리사도 다시 만날 수 없었다. 그리고 친구는 오랫동안 섬에서 나오지 않았다.

지금은 어디서도 만날 수 없는
그때의 그 맛이 그리워질 때면
그 섬을 찾곤 한다.

★ 작가 추천 플레이스

바다 뷰를 즐기며
조개구이에 술 한 잔 하고 싶을 때

상호

불티나조개구이

주소 : 인천시 중구 마시란로 241
영업시간 : 매일 10시 – 01시 (일요일만 24시 마감)

'조개구이' '해물칼국수'를 동시에 즐길 수 있는 곳으로 마시안 해변에 위치하고 있다. 매일 연안부두에서 공수하는 신선한 조개류와 새우, 전복, 생선 등의 해산물을 제공하며 회, 구이, 찜, 탕, 칼국수 등의 메뉴로 다양하게 즐길 수 있다. 소식가는 공복으로 가기를, 애주가는 반드시 대리운전자를 동반하기 추천한다.

파스타맨

그를 만나기 전까지 단골 메뉴는 늘 정해져 있었다. 회식을 하든 친구를 만나든 주메뉴는 치킨에 맥주 아니면 삼겹살에 소주, 비가 오는 날이면 삼치에 막걸리. 이십대 중반에 식성이 저러하다는 것은 이미 사회생활 만렙이거나 타고나길 아재 입맛인 거다. 뭐가 됐든 이랬던 내가 파스타에 빠지게 된 것은 그를 만나면서부터다. 박씨. 두살 터울임에도 주위에 그를 '박씨'라 소개했다. 그가 박씨 姓이기도 했지만, 곰살맞지 못한 성격에 남 앞에서 그를 '오빠'라 부르는 것이 낯간지러웠다.

그는 한식보다는 양식을 즐겨먹었다. 특히 파스타를 좋아했는데, 그간 세상에 파스타는 한 젓가락 먹으면 느끼함이 확 몰려오는 '까르보나라'와 해산물이 들어간 '토마토파스타' 두 가지만 있는 줄 알았던 내게 그는 파스타의 신세계로 인도했다.

파스타의 종류는 무궁무진했다. 크림, 토마토, 올리브유 등 소스로 나눌 수 있으며, 스파게티, 페투치네, 링귀네, 펜네 등 면 종류도 나눌 수 있다(면 숙성이나 처리 방법에 따라 건면, 생면 파스타로도 분류할 수 있다). 미각의 새 지평이 열렸다. 그중에서도 나의 입맛을 가장 사로 잡은 것은 '로제파스타'였다. 크림소스와 토마토소스를 적절히 배합한 꾸덕한 핑크빛 소스에 스파게티 면 위로 큼직한 통새우가 올려진 파스타. 달달하고 짭조름한 소스에 휘감긴 크리미한 면발은 몇 번 씹지 않아도 부드럽게 넘어간다. 느끼하다 싶을 때면 핫소스 몇방울 뿌리면 된다. 라면보다, 짜장면보다 맛있는 면요리의 발견이다.

무언가에 꽂히면 끝장을 볼 때까지 가보는 성향인데 음식 또한 마찬가지다. 데이트 때마다 그는 열심히 파스타집을 검색했고, 도장깨기 하듯 왠만한 맛집은 모두 섭렵했다. 다녀온 곳을 하나 둘 미니홈피에 올렸더니 친구들은 남자친구가 파스타집에서 일하냐 물었다. 그리곤 그를 박씨 대신 '파스타맨'으로 부르기 시작했다.

어느 날 그에게 파스타가 질리지 않느냐 물었다.

"질리긴~ 너가 좋아하는데… 오늘도 먹자. 파스타."

덕분에 와인도 조금씩 알아가게 되었다. 파스타마다 각기 어울리는 와인을 찾아가며 페어링하는 재미도 쏠쏠했다.

그로 인해 어디 가서 '파스타 좀 먹어봤어'라고 말할 수 있었다. 돌아보니 고마운 것이 파스타 뿐만이 아니었다. 당시 편입을 준비하며 주말이면 도서관을 찾았다. 집에서 쉬라고 만류했음에도 굳이 따라와 옆 칸에서 만화책을 베고 자는 그를 종종 타박하기도 했다. 데이트 후엔

강남에서 인천까지 버스로 데려다 주곤 막차를 타고 다시 서울로 돌아갔다. 눈이 오는 날이면 연락없이 찾아와 차에 쌓인 눈을 털어줬다.

그의 정성과 노력에도 넘지 못하는 산들이 우리 앞에 놓여있었다. 3년, 질리도록 사랑했던 파스타도 파스타맨과도 이별을 고했다. 그리고 다시 돌아온 입맛.

'역시 삼겹살에 소주가 진리지.'

하지만 그때 처음 먹은 로제파스타의 맛을 잊을 수 없듯이 그와의 추억도 잊을 순 없다. 언젠가 우연이라도 만나게 된다면 전하고 싶다.

"고운 기억으로 남아주어서 고마워."

★ 작가 추천 플레이스

명장의 파스타를
맛보고 싶다면

상호

씨디에프

주소 : 경기도 고양시 덕양구 서오릉로 307-10
영업시간 : 매일 10시 – 22시

씨디에프

이십 년 넘게 먹어온 수많은 파스타 중 단 하나를 추천하기란 여간 쉽지 않았다. 오랜 미각의 기억까지 총동원하여 꼽은 파스타는 바로 삼청동 대표 맛집 중 하나였던 '플로라'의 시그니처 메뉴 '오이스터 크림파스타'다.

왕새우, 버섯, 굴소스로 맛을 낸 매콤한 크림소스로 특허 받은 파스타. 바닥이 드러나게 긁어먹을 만큼 해산물의 풍미와 감칠맛이 환상적. 대한민국 12대 요리 명장 조우현 오너셰프가 운영했던 플로라는 올 상반기 서오릉으로 매장을 옮기며 '씨디에프'라는 새로운 상호를 달았다.

그때는 매운맛, 지금은 고운맛

이십 여 년을 외면했던 그곳을 다시 찾은 것은 불과 몇 해 전. 코로나로 인해 일거리를 잃은 예술가에게 창작활동을 지원해 주는 프로젝트에 참여하게 되면서부터다. 당시 경제 활동의 기회가 흔치 않았기에 제안이 들어왔을 때 주저없이 수락했다. 문제는 장소다. 그곳엔 지리멸렬했던 학창시절의 기억이 있고, 스물을 갓 넘기고 시작한 사회생활의 치열한 흔적이 있었다. 고민은 사치일 뿐. 여전히 배도 통장도 비어있었다. 선택의 여지는 없었다. 그곳을 다시 마주하는 방법 밖에는.

세 달 여의 시간동안 여느 직장인처럼 생활했다. 점심시간이면 근처

식당들을 다니며 끼니를 해결했는데, 자주 다니던 분식점과 냉면집 몇 군데를 제외하고는 간판도 주인도 바뀌었다. 관심조차 두지 않고 살았으면서 이유 모를 서운함이 드는 건 왜인지.

프로젝트 말미에 친해진 몇몇 이들과 함께 직장인마냥 '회식'이란 것을 하기로 했다. 메뉴를 고민하던 중 누군가 이야기를 꺼냈다.

"이 동네 왔으면 닭강정은 먹어봐야지."

시장 초입의 닭강정집. 학창시절 알바비나 용돈을 받는 날이면 친구들과 한 푼 두 푼 모아 갔던 곳이다. 양배추 샐러드 두어 번 집어먹고 나면 금세 접시에 수북이 올려진 닭강정이 테이블로 배달된다. 큼지막한 조각을 냉큼 집어 붉고 진득한 소스에 콕 찍어 먹으면 스트레스가 풀리는 듯 했다. 내겐 요즘 유행하는 마라맛의 시조격이다. 맵지만 중독성 강한 맛에 수다도 잊고, 얼얼한 혀를 탄산음료로 달래기 바빴다.

사회 초년, 회식도 종종 이곳에서 했더랬다.

"그러니깐 말야. 요즘 친구들은 친절하지가 않아. 미스 최, 한 잔 따라봐."

부장님의 일장 연설에 젓가락 들 타이밍을 놓치기 일쑤였지만, 콜라 대신 소주를 들이켜야 했지만, 닭강정 양념의 알싸함이 혀 끝에 박힌 가시들을 씻어내려 주는 기분이 들었다. 부장님 때문인지 닭강정 때문인지 알코올 때문인지 모른다. 자리를 마치곤 늘 벌겋게 달아오른 얼굴을 식히기 위해 아이스크림가게에 들렀다.

"아몬드봉봉 하나 주세요."

집으로 가는 버스를 기다리며 그렇게 매운맛을 달랬다.

아주 오랜만에 그곳을 다시 찾았다. 술 한잔 들이키고 큼직한 고기 한점을 베어 물었다. 이날 따라 잘 말아진 소맥 때문일까. 첫 맛은 아리고 끝 맛은 달았다. 돌아보니 마냥 싫은 순간만 있는 것은 아니었다.

처음 떠난 친구들과의 아찔했던 여행
첫 월급으로 산 내의를 받고 행복해 하던 아버지
첫눈을 밟으며 거닐던 첫사랑과의 추억도
있었다
그곳에

돌아보면 지난 몇 달도 그러했다. 초반 낯선 사람들과 낯선 공간에서 보내는 시간이 호락하지만은 않았다. 일이 고될 때도 있었고, 사소한 오해로 생채기가 나기도 했다. 하지만, 프로젝트는 성료되었고 빠듯했던 주머니 사정도 나아졌다. 친해질 거라 생각 못했던 몇몇 이들과는 서로 닭다리를 내어줄 정도의 사이가 되었다.

닭강정을 먹으며 다시금 깨달았다. 매운맛도 곱씹다 보면 고운맛이 될 수 있다는 것을.

27

★ 작가 추천 플레이스

매콤달콤의 정석,
원조 닭강정을 접하고 싶다면

상호
원조신포닭강정

주소 : 인천시 중구 우현로49번길 3
영업시간 : 평일 10시30분 – 20시, 주말 10시 – 20시
(월요일 정기휴무)

신포국제시장 초입에 있는 닭강정 원조 맛집으로 주말 웨이팅은 기본.
국내산 생닭을 두 번 튀겨 바삭하게 만든 후 달달한 소스에 볶아낸
닭강정의 킥은 청양고추다. 약간의 매콤함과 개운함으로 느끼함을
잡아주며 계속 손이 가게 만든다. 간식으로도 좋고 안주로도 제격이
며, 데이트코스로도 인기만점인 곳.

화평동과 냉면

매해 여름이 되면
화평동을 찾는다
냉면집이 즐비하게 들어선 이곳은
세숫대야 냉면거리로 유명하다

얼굴이 푹 담기고도 남을 정도의 그릇에
똬리 튼 면이 살얼음 속에
풍덩 담가져 있다

그릇만 큰 게 아니다
저렴한 가격에 사리는 무한리필

푸짐한 양에 배도 부르고
착한 가격에 마음도 부르다
인심을 담기에 음식만 한 것도 없다

마음이 허한 날에는 화평동에 간다

냉면 가락 같은 머리를 틀어 올린
할머니는 20년 동안 제자리에서 면을 삶는다

허기진 사람들을 달래는 곳

★ 작가 추천 플레이스

시원하고 달콤한 여름 별미
'수박냉면' 맛보세요!

상호

일미화평동냉면

주소 : 인천시 동구 화평로 18
영업시간 : 매일 10시 – 20시 (월요일 정기휴무)

일미화평동냉면

필자가 고등학교 때부터 다니던 냉면집으로 사리가 무한리필 되지
만, 단 한번도 할 수 없었다. 세수대야 만한 그릇에 담겨 나오는 기본
도 다 먹기 힘들기 때문이었다.
차가운 수박이 통으로 들어있어 달콤함과 시원함 거기에 육수의 감
칠맛까지 동시에 느낄 수 있는 수박냉면은 여름철 별미 메뉴로 여러
차례 방송되며 더욱 유명해졌다. 냉면과 찰떡궁합을 선보이는 열무
김치 또한 이곳의 별미로 이것이야 말로 무한리필 각.

돼지 is 뭔들

인 생 은
고 기 에 서
고 기 다 겹살
이

　어릴 적 어린이날, 생일처럼 특별한 날이나 아빠의 월급날이면 고깃집에 갔다. 주로 먹은 것은 외식 메뉴의 대표주자 돼지갈비였다. 성난 듯 뜨거운 열기를 내뿜는 숯불이 테이블 중앙에 놓이면 내 얼굴도 화르륵 타오르는 것만 같았다. 쟁반에 돌돌 말려 있던 돼지갈비를 집어 달궈진 판 위에 올리면 차르륵 맛있는 소리가 울려퍼지고 달큰한 향이 코끝을 찔러댔다. 익지도 않은 고기에 가위를 들이대고 허우적거리는 날 보며 오빠는 고기는 자주 뒤집는 게 아니라며 핀잔을 줬다. 성질 급한 나이지만, 이 시간만큼은 기다림에 순응해야만 했다. 격자무늬로

난 칼집에 양념이 잘 베어들었는지 달짝지근함으로 무장된 돼지갈비
는 입 안에 쩍하고 달라붙을 만큼 강렬한 맛을 선사했지만, 음미할 틈
없이 몇 번만 씹고 삼켰다. 이제부턴 스피드가 생명이기 때문이다. 먹
성 좋은 오빠를 보며 한점이라도 더 먹기 위해선 오래 씹을 시간이 없
다. 아빠는 편식하지 말고 먹으라며 상추를 내밀지만, 쌈으로 배를 채
울 순 없었다. 그래도 밥은 포기할 수 없지. 고슬하게 지어진 밥 한술
위에 노릇하게 구워진 갈비 한점 올려 입 안으로 쏙 넣으면 이것이 바
로 '천상의 맛'이었다.

"외식 싫어. 그냥 짜장면이나 시켜줘."
　사춘기에 접어들면서 부터 고깃집에 가는 것이 꺼려졌다. 숯불이며
고기 냄새가 몸에 베이는 것이 신경 쓰였다. 사실 그보다는 언젠가부
터 고기보다 소주를 더 많이 들이키는, 그리곤 목청이 한껏 높아져 옛
날_소위 잘나가던 시절_이야기들을 꺼내는 아빠의 모습이 마냥 부끄
러웠다. 더는 아빠의 월급날도 돼지갈비도 기다려지지 않았다.
　성인이 되어 친구나 지인을 만나면 주로 삼겹살집으로 향한다. 삼겹
살도 관리 방법과 두께에 따라 맛이 다른데 숙성과정을 거친 통삼겹
을 선호하는 사람이 있는 반면, 나는 얇게 썰어 급냉한 대패삼겹파다.
네모난 판 위에 호일을 깔고 냉삼으로 반듯하게 열을 세운 후 후추를
뿌린다. 기름이 빠지는 쪽으로 김치나 콩나물을 올려놓으면 준비 끝.
인고의 시간은 짧다. 입 안 가득 육즙을 느낄 수 있는 두툼한 고기보
단 튀겨낸 듯 얇고 바삭한 고기가 더 좋은 것은 맛보다는 급한 성질 때
문인 것 같기도 하다.
　사십 여년 열심히 축산업계에 일조한 바, 나름 고기에 대한 철학도
있다. 고기 본연의 맛을 느끼기 위해 별다른 양념이나 찬이 필요없다

는 것, 소금이면 충분하다는 것이다. 그리고 느끼함을 내려줄 시원한 소맥 한 잔(물론 한 잔으로 끝나진 않는다).

갈비든 삼겹이든, 통삼이든 냉삼이든 중요치 않다. 예나 지금이나 기분 좋은 날 찾는 것이 '돼지'라는 것이고, 그것은 술을 부르고 추억을 불러온다.

저 멀리 아빠의 손을 잡고 들어오는 아이를 보며 생각한다. 그의 잔에 술을 채워줄 수 있는 나이가 되었고, 그의 잘나가던 시절 이야기를 들어줄 여유도 생겼다고.

뭔들 못하랴. 그럴 수만 있다면.

34

★ 작가 추천 플레이스

돼지갈비의 정수를
느끼고 싶다면

상호

청라꽃갈비 본점

주소 : 인천 서구 중봉대로612번길 10-22
우리프라자 지하1층
영업시간 : 평일 15시 − 24시, 주말 12시 − 24시

청라꽃갈비 본점

특제 양념에 재워 만든 이곳의 왕갈비는 잡내 하나 없이 단짠의 밸런스 또한 적당하다. 누가 간장게장을 밥도둑이라 하였는가. 숯불에 구워 불향 가득 베인 두툼한 식감의 왕갈비야 말로 남녀노소 가리지 않고 찾아오는 밥도둑이다. 레트로한 감성의 인테리어와 맛 좋은 고기로 신, 구세대가 단합하기 좋은 곳.

디저트 싫어하는 파티쉐

"디저트카페 차려보는 건 어때?"

몇 해 전, 베이킹에 빠졌던 적이 있었다. 처음 쿠키를 만들고자 했을 때 있는 재료라고는 달걀, 설탕, 유통기한이 지난 밀가루 뿐이었다. 급히 온라인쇼핑몰에 들어가 박력분, 베이킹소다, 버터 등 필요한 재료들을 쓸어담았다. 식재료 외에도 믹싱볼, 주걱, 밀대, 쿠키틀 등 살 것이 한둘이 아니었다. 오븐을 살 수는 없었기에 고등어 냄새가 배인 에어프라이어를 몇 번이나 세척했다.

유튜브를 보며 야심차게 도전한 인생 첫 쿠키는 예상대로 실패. 너무 달고 딱딱했다.

"오븐이 없어서 그래."

애꿎은 에어프라이어를 탓했다. 사실 성공하지 못할 것을 이미 알고 있었다. 반죽의 과정은 물론 베이킹에서 가장 중요한 계량에 문제가 있었다. 저울도 없이 눈대중으로 대충 했으니 결과는 뻔했다. 사진에서의 1초처럼 베이킹에서 1그람의 오차가 결과에 얼마나 큰 영향을 미치는지를 몸소 깨달았다.

저울부터 샀다. 그리고 처음 사진을 시작했을 때 촬영-현상과정을 기록하듯 레시피를 적기 시작했다. 재료 용량부터 만드는 순서, 에어프라이어의 예열온도와 시간까지 꼼꼼히 기록했다. 몇 번의 시행착오 끝에 먹을만한 쿠키가 만들어지기 시작했다. 이후 마들렌, 휘낭시에, 스콘, 베이글 등 다양한 베이커리 만들기에 나섰고, 그 중에서 완성도가 높은 인기메뉴가 탄생했다. 아몬드파운드케이크. 제법 그럴싸한 모양을 갖춘 아몬드케이크는 선물용으로도 제격이었다. 맛 평가에 냉철한 동거인을 비롯하여 맛에 대해 솔직함으로 무장한 조카들의 반응도 꽤 좋았다.

"근데 고모는 왜 안 먹어?"

"응, 너희 먹는 거만 봐도 배불러."

사실 난 쿠키, 빵, 케이크 등을 좋아하지 않는다. 평소 단 것을 좋아하지 않거니와 포만감이 느껴지는 간식은 즐기지 않기 때문이다. 그러한 내가 한창 베이킹에 빠지게 된 시기는 펜데믹 시절이다. 촬영 일은 취소되고 수업들은 줄줄이 폐강됐다. 일자리를 잃고 자발적 고립생활을 하고 있을 때 무료한 시간을 극복하기 위해 많은 것을 시도했다. 베이킹은 코로나를 극복하기 위해 찾은 여러 레시피 중 하나였다. 책을 보며 라탄으로 티코스터와 바스켓도 만들었고, 인강으로 그림도 배웠다. 화훼장식기능사 자격증도 알아봤더랬다. 그 중 가장 긴 시간 열심히 도전했던 것이 바로 베이킹이다. 정확한 수치를 바탕으로 정성과 시간에 비례하여 완성도 있는 결과물을 빚어낸다는 점에서 이십 년 넘게 하고 있는 사진과 비슷하다 느꼈기 때문일 수도 있다. 비록 내가 좋아하는 분야가 아니어도 즐거움이 있을 수 있다는 새로운 깨우침도 얻었다.

　펜데믹이 끝난 후 우리집 에어프라이어는 다시 음식 냄새로 물들었다. 베이킹 재료와 도구들은 지리하던 그 시절의 추억들과 함께 주방 수납장 어딘가에 잠들어 있다. 여전히 디저트를 즐기진 않지만, 이따금 카페에서 마들렌이나 휘낭시에, 스콘 등을 보면 한 두 개씩 주문하곤 한다. 추억은 역시 달다.

38

메뉴

아몬드파운드
케이크

★ 작가 추천 레시피

코로나 극복 레시피
'아몬드파운드케이크'

재료 : 박력분 80g, 아몬드파우더 80g, 베이킹파우더 4g, 버터 100g,
달걀 2개, 설탕 80g, 아몬드칩 외 각종 견과

⓿ 버터와 달걀, 30분 이상 실온에 꺼내둔다

❶ 믹싱볼에 버터를 넣고 거품기로 크림화한다

❷ 버터에 설탕을 두 번에 걸쳐 넣은 후 잘 섞는다

❸ ❷에 달걀을 풀어 두 번에 나눠 넣은 후 잘 섞는다

❹ ❸에 박력분, 베이킹파우더, 아몬드파우더를 넣은 후 주걱을 이용하여
11자 모양으로 섞는다

❺ ❹에 아몬드칩과 크랜베리, 호박씨, 해바라기씨 등 각종 견과류를 넣고
섞는다

❻ ❺를 냉장고에 넣고 1시간 휴지시킨다

❼ 반죽을 틀에 담은 후 평평하게 만든다

❽ 에어프라이어(오븐)를 10분 간 180도로 예열한다

❾ 예열한 에어프라이어(오븐)에 반죽틀을 넣고 180도에서 10분 굽는다

❿ ❾를 꺼내 칼로 중앙에 칼집을 내준 후 15분간 더 굽는다

여러 번의 시도를 통해 찾은 나만의 레시피를 공개한다. 무턱대고 따
라하지 마시길. 유명 맛집의 케이크맛은 보장하지 못한다.

39

고등어가 있었다면

　찌든 굽든 끓이든 튀기든, 날로든 생선을 그다지 좋아하지 않는다. 비단 비릿한 냄새와 물컹한 식감 때문만은 아니다.

　어릴 적 연안부두를 찾은 적이 있었다. 아빠는 빨간색 고무대야에서 팔딱거리던 여러 물고기 중 몇 몇을 가리켰다. 주인장은 이내 물고기를 뜰채로 건져 도마 위에 올린 후 무자비하게 살해했다. 순식간 생선의 머리와 몸통이 잘리고 피를 뿜어내는 것을 보며 입을 다물 수가 없었다. 일곱 살 인생에 마주한 가장 잔혹한 장면이었다. 이전까지 피라고는 베이거나 넘어져 생긴 내 몸에 난 상처에서 본 것이 전부였다.

주인장은 손질한 생선을 흐르는 물에 몇 번 헹궈 얇게 포를 뜬 후 하얀색 플라스틱 접시에 담아주었다. 그리고 무언가 한가득 담긴 검정 봉지를 따로 챙겨주었다. 집으로 돌아와 봉지 매듭을 풀어 안을 열어 보았다. 생선의 대가리, 뼈 등이었다. 순간 아빠와 나는 눈이 마주쳤다. 나도 모르게 쥐고 있던 봉지를 놔버렸고 와르르 바닥에 쏟아지며 비릿한 냄새가 진동하기 시작했다. 아빠의 꾸지람 때문인지 왠지 모를 눈물도 쏟아졌다. 아마도 생선을 싫어하게 된 건 그날 이후부터일 것이다.

회식자리에서 상사가 건넨 회 한점을 받아 먹고는 씹지도 삼키지도 못해 입 안에 물고 있다가 뒤돌아 휴지에 뱉어낸 적도 있다. 매번 그럴 수도 없는 노릇이고, 최대한 생선 맛이 느껴지지 않도록 얇고 작게 잘라 상추에 깻잎을 올리고 초장을 한큰술씩 넣어 먹었다. 주변에선 그런 나를 보며 핀잔을 줬지만, 그렇게 조금씩 트라우마를 지워나갔다.

나이가 들며 건강을 챙기다 보니 이따금 의무적으로 생선을 먹으려 한다. 특히 고등어는 몸에 좋은 성분이 풍부하다 하여 자주 찾는 편인데, 가급적 몸통만 손질된 것을 산다. 그마저도 껍질은 버리고 속살만 발라 먹는다. 몸에 좋다는 성분은 껍질에 다 있는데 말이다. 그런 나와 달리 어린 조카들은 껍질부터 먹어치운다. 새언니는 고등어를 늘 에어프라이어에 구워주는데 그 식감이 김처럼 바스락거려 좋다고 한다. 그런 조카들을 보며 어릴 적부터 식습관 길들이는 것이 중요하다는 것을 새삼 깨닫는다.

김창완의 '어머니와 고등어'라는 노랫말이 떠올랐다.

♪

한밤중에 목이 말라 냉장고를 열어 보니

한 귀퉁이에 고등어가 소금에 절여져 있네

어머니 코 고는 소리 조그맣게 들리네

어머니는 고등어를 구워 주려 하셨나 보다

소금에 절여 놓고 편안하게 주무시는구나

나는 내일 아침에는 고등어 구일 먹을 수 있네

어머니는 고등어를 절여 놓고 주무시는구나

나는 내일 아침에는 고등어 구일 먹을 수 있네

나는 참 바보다 엄마만 봐도 봐도 좋은 걸

42

어릴 적 우리집 냉장고 한 귀퉁이에도 소금에
절여진 고등어가 있었다면.
고등어를 구워주는 어머니가 있었다면.
그랬다면.
나도 생선을 좋아하는 어른이 되었을까.

★ 작가 추천 플레이스

엄마가 차려주는
든든한 한상

상호
재연식당

주소 : 제주시 구좌읍 세화3길 27-2
영업시간 : 10시 – 19시 (첫째, 셋째 일요일 정기휴무)

재연식당

'엄마정식' 이라는 메뉴명부터 정겨운 곳. 십 년 전 처음 방문했을 때
와 달라진 것은 매장 위치 뿐. 엄마의 마음으로 차려낸 음식의 양과
맛은 그대로이다. 금강산도 식후경. 여행하며 든든한 가정식 생각날
때 찾으면 좋은 곳.

갈매기살의 진실

"너희는 비슷한 구석이라곤 전혀 찾아볼 수 없는데 어찌 그리 잘 붙어다니냐?"

이십 대 초반 직장에서 만난 두 살 터울의 친구와 나를 두고 당시 팀장님은 말했다. 팀도 달랐고 공통점이라곤 '인천에 산다는 것'뿐. 그럼에도 단짝처럼 붙어다닐 수 있었던 것은 1호선 전철로 출퇴근을 함께 하며 이야기 나눌 시간이 많았기 때문이다. 무엇보다 친해지게 된 계기는 취미가 같다는 것을 발견한 이후부터. 월급날이 되면 마주 앉아 뮤지컬 티켓과 기차표를 예매했고, 주말이면 발바닥이 땅에 닿기 무섭게 돌아다녔다.

그와 함께 떠난 어느 해 여름. 숙소에 짐을 풀고 주인장에게 추천 받은 근처 고깃집으로 향했다. 숙소 길 건너 식당이었는데, 상호를 보고 순간 멈칫했다. '마포갈매기'.

"분명 삼겹살 맛집 추천해달라고 했는데… 여기 갈매기 고기 파는 곳인가?"

친구가 이야기했다.

"무슨 갈매기 고기가 있어 ㅎㅎ 아마도 '갈매기'는 이 지역에서 부르는 삼겹살의 다른 이름이거나 아니면 여기 사장님이 고향이 마포이고 '갈매기'라는 별명을 가진 건 아닐까?"

나 역시 조심스레 추측했다. 서로의 이야기에 어떠한 근거나 신빙성이 없다는 생각은 각자의 주장에 확신을 더하게끔 했다. 그리곤 동시에 말했다.

"내기 하자! 저녁 사기!"

스마트폰은 커녕 2G폰 사용하던 시절이다. 진실을 알기 위해 각자가 아는 가장 스마트한 사람에게 전화를 걸어 확인하기로 했다. 몇 차례의 연결 실패 후, 회사 팀장님에게 전화를 걸었다. 돼지고기 라고는 삼겹살, 목살만 있는 줄 알았던 우리에게 그가 전한 진실은 현재 모두가 알고 있는 바와 같았다.

"아이고, 갈매기살은 돼지고기 특수부위야. 맛있는 부위이니 이 참에 한 번 먹어봐."

서로가 맞고 틀리다 옥신각신하며 가게로 들어섰다. 삼겹살도 메뉴에 있었지만, 팀장님의 추천대로 갈매기살 2인분을 주문했다. 처음 먹어본 갈매기살은 쫄깃한 식감에 삼겹살과 달리 느끼하지 않고 담백했다.

"사장님 여기 고기 1인분 추가요."

결국 그날의 내기는 '무승부'로, 진실은 '맛있다'로 종결지었다.

영원할 줄 알았던 우리의 관계는 겹겹의 시간속에 쌓인 오해들로 균열이 생겼고, 각기 다른 길을 향해 걷기 시작했다. 수 년의 침묵을 깨고 다시 마주하였지만 그리움과 서운함이 뒤엉킨 마음들은 제자리로 돌아가지 못했다. 결국 갈매기처럼 날개를 펼쳐 유유히 내 곁을 떠나간 그녀.

마포갈매기. 종종 그곳에 갈 때면 그와 함께하던 시절의 소소한 추억들을 떠올려본다.

"희정아, 잘 살고 있니. 언제 만나 갈매기살에 소주 한 잔 하자."

★ 작가 추천 플레이스

갈매기도 보고
바다의 맛도 느끼고

상호

해변식당

주소 : 인천시 중구 연안부두로17 해변빌딩 2층
영업시간 : 10시 – 22시 (월요일 정기휴무)

해변식당

그와 함께 갈매기집보다 더 자주 가던 음식점이다. 매운맛을 좋아했
던 우리는 주말이면 해변식당에 들러 "해물찜 가장 맵게 해주세요!"
라고 외쳤다. 모락모락 김을 풍기며 신선한 해물이 푸짐히 담겨져 나
오는데 새빨간 양념에서 풍겨져 나오는 칼칼한 냄새까지 침샘을 자
극한다. 낙지, 꽃게, 새우, 조개, 콩나물, 미나리 등 좋아하는 것들이
죄다 들었다. 남은 양념에 밥까지 볶아 먹는 것이 우리의 국룰.
"맛있으면 0칼로리"
누가 말했던가. 주말마다 체중이 2키로씩 늘었다.

낮술엔 깡

술을 마신다
이따금 낮에 마신다

어떤 날은 날이 좋아서
어떤 날은 날이 좋지 않아서

그런 날은
딱히 안주도 필요치 않다

깊이 들이키는
청량한 공기 한 모금
길게 내뱉는
묵직한 숨 한 모금

문제는 장소다
붉게 물든 얼굴은
한낮의 태양보다
한밤의 달보다
진하고 선명해
주목받기 십상이다

뜨거운 시선의 열기는
이내 온몸을 태운다

낮술에 필요한 건
깡이었다

★ 작가 추천 플레이스

낮술은
산 아래가 명당일세

상호
오서산억새촌식당

주소 : 충남 보령시 청소면 넙티로 513-6
영업시간 : 11시 20분 - 20시 (화요일 정기휴무)

오서산억새촌식당

낮술은 뭐니뭐니 해도 등산 후 하산 길에 먹는 것이 제맛이다. 여러 산 아래 맛집들이 있지만, 억새밭으로 유명한 오서산 등산로 입구에 자리한 이곳은 얼큰한 낙지덮밥, 간장낙지덮밥, 연포탕, 낙지찜 등 필자가 좋아하는 '낙지'를 이용한 요리 뿐만 아니라 다양한 보양식이 마련돼 있다. 인심 좋은 주인장의 푸짐한 서비스는 물론, 낮술 먹고 얼굴 좀 벌개져도 괜찮다. 식당에 들어서는 순간 이미 볼 빨간 동지들로 가득하니.

서당개 삼 년이면 라떼아트

나에게 커피란 설탕 셋, 프림 둘, 커피 둘의 믹스커피로 시작되어 스무살 처음 맛 본 헤이즐넛 향 가득한 자뎅커피가 전부였다. 대학시절 스타벅스에서 알바를 하게 되며 본격적으로 커피세계에 입문하였는데, 즐겨 마시는 '아메리카노'라는 용어의 뜻도 그제야 알게 되었다. '에스프레소에 뜨거운 물을 부어 연하게 만든 커피'. 제2차 세계대전 당시 커피에 물을 타 마시는 미군병사를 본 이탈리아 사람들이 '아메리카노'라 부르며 지어진 이름.

사회생활을 시작하며 커피는 일상 깊숙이 침투했다. 아침에 한 잔,

식후 몰려오는 식곤증을 떨치고자 한 잔, 해장으로 한 잔. 어느새 아메리카노를 물처럼 혹은 습관처럼 마시기 시작했다. 친구, 동료, 연인과의 만남에서도 빠지지 않고 들르는 곳, 카페. 커피 애호가가 된 것인지 카페인에 중독된 것인지 알 수는 없다. 월말 카드값 내역을 보니 식비 못지 않았고, 대안을 찾아야했다.

마침, 전 직장 상사에게서 연락이 왔다. 잡지를 창간하려 하는 데 함께하자며 이직을 권했다. 연봉은 현 직장보다 적고, 할 일은 배였지만 큰 고민없이 수락했다. 이유는 '커피잡지'였기 때문이다. 내가 맡을 주 업무가 카페, 바리스타 취재이다 보니 전국 커피맛집은 다 돌아볼 수 있겠다 싶었고, 이참에 커피값도 줄여보잔 심산이었다.

잦은 출장과 야근으로 몸은 고달팠지만, 좋아하는 일과 커피를 동시에 즐길 수 있다는 마음으로 버텼다. 무엇보다 좋았던 점은 사내에 커피머신과 그라인더 그리고 신선한 원두와 우유가 늘 구비되어 있다는 것이었다. 틈틈히 찌그러진 하트와 나뭇잎을 열심히 펴가며 라떼아트도 연습했다. 그렇게 3년간 어깨 너머 배운 실력으로 바리스타에 도전했다. 2번의 낙오 끝에 2급 자격증을 취득하고는 언제가 될지 모를 카페 창업을 꿈꾸기도 했다.

파일철에 모셔둔 바리스타 자격증을 꺼내보며 생각했다.

'서당 개 삼 년이면 풍월을 읊는다.'

이는 누군가에게 진부하기 짝이 없는 이야기일테지만, 무엇이든 도전하길 주저하고 있는 지금 나에겐 절대적으로 필요한 말이었다.

"일단 해보자. 삼 년만."

★ 작가 추천 플레이스

정통 호주식 커피를
맛 볼 수 있는 곳

상호
마일스톤

주소 : 서울 강남구 논현로159번길 49
영업시간 : 매일 10시 - 21시

마일스톤

스페셜티 커피를 전문으로 하는 로스터리카페.
신사동 가로수길 한적한 골목길에 위치한 이곳은 2014년 오픈한 곳으로 현재 한남점, 성수점까지 확장했다. 당시 필자가 취재를 나갔던 곳으로 호주에 다녀와 정통 플랫화이트의 맛을 처음으로 접한 곳이기도 하다. 플랫화이트 외에도 비엔나커피와 수제티라미수가 인기메뉴.

철판닭갈비 vs 숯불닭갈비

여행이든 출장이든 춘천에 온 횟수를 헤아리기에 손가락이 부족하다. 하지만 체류기간은 늘 짧았던 터라 주로 SNS에 올라온 명소나 맛집 위주로 동선을 잡았다. 해마다 늘어나는 맛집들을 다 갈 순 없었지만 그래도 올 때마다 빠지지 않고 들리는 곳은 닭갈비집이다. 사실 평소 즐기는 메뉴는 아니지만, '춘천에 가면 닭갈비'는 공식처럼 뇌리에 새겨져 있다.

사실 내 닭갈비의 시작점은 춘천이 아니다. 스무살 신포시장에서 접했던 '철판닭갈비'였다. 커다란 원형 철판에 먹기 좋게 한입 크기로 잘

려진 닭고기와 온갖 채소를 한데 넣고 볶아 먹는 방식이 신선했다. 둥근 테이블에 둘러 앉아 철판을 응시하며 각자 자신이 좋아하는 재료가 먼저 익기를_배가 고플 땐 설익은 고기를 먹은 적도 분명 있었을 것이다_바랐다. 닭껍질에서 나오는 기름과 매콤한 양념장이 베어 든 노릇하게 익은 닭갈비는 밥도둑, 술도둑이었다. 격렬했던 전장처럼 순식간 황폐해진 철판 위를 보며 아쉬워하긴 일렀다. 아직 볶음밥이 남아있기 때문이다.

"이모, 여기 밥 볶아주세요!"

양푼 한가득 담긴 밥을 철판 위에 쏟는다. 그 위로 참기름 한바퀴 휘 두른 후 잘게 다진 채소와 김치를 올린다. 사방으로 흩어진 양념을 싹싹 긁어 모아 한데 버무린다. 바닥에서 지글지글 소리가 날 때 즈음 김가루를 툴툴 털어 넣은 후 깨소금까지 솔솔 뿌리면 준비 끝! 잘 비벼진 밥은 빈대떡 마냥 납작하게 펼친 후 불은 약불로 줄인다. 이제부턴 선택과 기다림이다. 볶음밥처럼 즐기고 싶은 사람은 바로 중앙부터 먹으면 되고 누룽지처럼 바삭한 식감을 좋아하는 사람은 잠시 기다렸다가 가장자리부터 공략하면 된다. 춘천에 오기 전까지 나에겐 닭갈비란 위와 같은 방식으로 여럿이 함께 먹어야 더 맛있는 음식이었다.

서른살이 되던 해, 춘천으로 이직한 친구를 만나러 갔다. 친구는 닭갈비를 사주겠다며 나를 가게들이 다닥이 붙어있는 골목으로 데리고 갔다. 닭갈비 골목이었는데 간판마다 '원조'라는 말이 붙어있었다. 의아했던 것은 원조 뒤에 붙은 '숯불'이란 단어였다. '닭갈비를 숯불에 구워 먹는다고?' 의외의 조합이었다.

보통맛, 매운맛, 메뉴도 단출했다. 잠시 후 테이블 중앙에 달궈진 숯이 놓였고, 주문한 닭갈비가 불판 위에 올려졌다. 그간 먹었던 닭갈비와는 방식도 맛도 달랐다. 돼지갈비처럼 갈비대에 붙은 살을 넓게 편

채 양념에 재운 후 구워 먹는 방식으로 양념 맛보다는 훈연의 향과 닭고기 본연의 담백함을 살린 맛이었다.

친구는 '철판닭갈비'와 '숯불닭갈비' 중 무엇이 더 맛있냐고 물었다.

"그래도 닭갈비는 철판에 굽는 게 더 맛있는 것 같아. 닭갈비는 춘천이 아니라 인천이네."

"이런 인천 촌년같으니. 닭갈비는 춘천이지."

닭갈비대첩은 인천부심 대 춘천부심으로 이어졌다.

"춘천이 촌이지. 인천은 광역시라구."

"춘천은 공기도 좋고, 매연으로 가득한 인천보다 얼마나 얼마나 살기 좋은데."

설왕설래를 이어가던 중 무의미한 싸움에 백기를 든 누군가 말했다.

"사실 철판이면 어떻고 숯불이면 어떠냐. 닭갈비는 닭갈비일 뿐. 누구와 함께하느냐 그것이 중요하지 말이야."

★ 작가 추천 플레이스

맛집보다 더 맛있는
'맛집의 옆집'

상호
춘천숯불닭갈비 중앙로점

주소 : 강원도 춘천시 낙원길28
영업시간 : 매일10시 – 22시

춘천숯불닭갈비 중앙로점

'방송 출연을 절대 하지 않는 진정한 맛집, 입소문으로 찾아오는 집'
강단 있는 문구가 마음에 들었다. 여러 매스컴에 노출되어 길게 줄지
어 선 '맛집'이란 곳의 옆집이다. 손수 담근 김치와 깻잎 장아찌, 그리
고 무청 시래기를 넣고 끓인 된장국까지. 기본 찬에서부터 오랜 내공
의 손맛이 묻어난다. 수십 년의 노하우로 만든 닭갈비의 맛 또한 예
술이다.

지린 맛

내 고향 인천은 '짜장면박물관'과 '차이나타운'이 있을 만큼 중식으로 손 꼽히는 도시다. 언론에 소개된 맛집들만 해도 한 둘이 아니다. 어느 곳을 방문하든 매번 똑같은 선택의 기로에 놓이게 된다.

'짜장이냐 짬뽕이냐'

햄릿의 고뇌만큼 어려운 결정이지만, 답은 늘 한결같다. '해장엔 그 어떤 것도 빨간 국물을 이길 순 없다'라는 나름의 먹철학을 갖고 있는 나의 선택은 짬뽕이다. 자타공인 면러버이자 나름 맵부심을 갖고 짬뽕계를 평정하겠다며 뛰어든 지도 어언 이십 년이 되어간다. 인천만으론 부족하다. 퀘스트를 달성하듯 강릉, 공주, 평택, 군산, 대구까지 전국 맛집이라 불리는 곳들을 하나씩 찾아다녔다. 면발도 중요하지만, 짬뽕의 핵심은 육수다. 깊고 시원한 바다향이 느껴지는 해물 육수, 고기와 채소 그리고 불맛이 적절하게 어우러진 고기 육수까지 저마다의 매력이 다르다.

몇 해 전 군산을 찾았다. 역시나였다. 오픈시간 맞춰갔는데도 이미 문전성시. 한시간은 족히 기다려야 한다. 뱃고동 소리가 본격적으로 울려퍼지기 전 빠른 결단이 필요하다.

'언론에 보도된 곳이 아니더라도 찾아보면 맛집은 또 있을 거야.'

맛집의 옆집을 찾았다(알고 보니 이집도 맛집이었다). '고추짜장'이 대표메뉴인 이곳. 극구 만류했지만 함께 간 맵찔이 친구는 고추짜장을, 난 '고추짜장보다 더더 매우니 더 신중하게 주문해주세요'라는 문구의 메뉴 '고추짬뽕'을 호기롭게 주문했다.

이곳의 고추짜장은 일반 짜장면과 달리 면과 짜장소스가 따로 담겨 나왔다. 윤기가 흐르는 두껍지 않은 면발은 꽤 쫄깃하고 탱글해 보였다. 짜장소스는 양배추, 양파, 버섯 등의 채소가 숨이 죽지 않은 채 잘 볶아졌고, 통실한 새우도 듬뿍 담겨있었다. 그리고 굵직하게 썰린 홍고추 때문인지 검붉은색을 띄고 있었다. 곧이어 존재감 확실히 드러내려는 듯 청(양)고추가 듬뿍 올려진 고추짬뽕이 위용을 뽐내며 등장했다.

전장에 뛰어들기 직전이라도 된 듯 결의에 찬 눈으로 서로를 응시했다. 각자 냉수 한 컵을 들이마신 후 친구는 면에 짜장소스 전부를 투하했고, 난 수북이 쌓인 고추들을 파헤치고 면을 건져올렸다. 시간이 지나도 음식은 당최 줄어들지 않았다. 끊임없이 코 끝을 찔러대는 매운 향과 눈물샘을 자극하는 극강의 매운 맛은 한 번도 경험해본 적 없는 화생방 훈련을 떠오르게 했다.

"여기 물 좀 더 주세요" 라는 친구의 말이 '살려주세요 제발'처럼 들렸다. 궁금했던 상호의 의미를 깨닫게 되는 순간. 지.린.성. 맛있지만 먹을 수 없는 혹은 계속 먹다 보면 지릴지도 모르는 통렬한 맛. 주문 후 메뉴를 기다리는 동안 직원이 아이스크림 20% 할인쿠폰을 나눠주었을 때 알아차려야 했다. 그때라도 주문을 수정해야 했다.

그날 이후 한동안 내려놓아야만 했다. 젓가락도 맵부심도.

★ 작가 추천 플레이스

백종원이
극찬한 맛집

상호
기라성

주소 : 전북 부안군 계화면 간재로461
영업시간 : 11시 – 18시 (화요일 정기휴무)

기라성

맵찔이도 갈 수 있는 다른 맛집을 소개하고자 한다. 백종원이 극찬한 메뉴는 수제왕돈까스, 볶음밥, 해물짬뽕이지만, 내가 생각하는 베스트메뉴는 '비빔간짜장'이다. 1인분 가격에 2인분 양을 제공하며 단짠맵 맛의 밸런스가 환상적. 물론 돈까스, 짬뽕도 훌륭하다. 평균 이상의 맛과 양으로 가성비 가심비 모두 잡은 곳으로 부안여행 필수코스.

둘레길엔 막걸리

십 년 전, 연휴를 맞아 친구들과 지리산 둘레길을 걷기로 했다. 사실 그것은 도보여행을 가장한 맛집투어이기도 했다. 퇴근 후 고속버스터미널에서 만나 3시간 남짓을 달려 예약한 숙소에 도착했다. 모처럼의 여행 첫날밤이었지만, 내일을 위해 양보하기로 하고 이른 잠자리에 들었다.

이튿날 민박집에서 푸짐히 차려준 아침을 먹고 일찍이 길을 나섰다. 첫날 코스는 전북 남원시 동천리와 인월리를 잇는 10km 가량으로 백두대간을 바라보며 걷는 길이다. 길 폭이 넓어 여럿이 함께 걷기에 좋은 평지길을 걸으며 오월의 싱그러움을 만끽했다. 그도 잠시, 오월의 볕은 생각보다 뜨거웠고 평소 숨쉬기운동만 해왔던 직딩들의 체력 또한 금세 바닥을 드러냈다. 점심을 먹기 위해 찾아둔 맛집에 도착하기도 전 우린 적당히 그늘진 곳을 찾아 돗자리를 펼치고 몸을 뉘었다.

"안되겠다. 꺼내자."

잽싸게 몸을 일으킨 후 각자 가방을 열어 나눠담은 것들을 꺼내기 시작했다. 막걸리 한 병, 종이컵, 김부각. 인심좋은 민박집 주인장이 떠나기 전 챙겨준 것들이었다. 작렬하는 태양 아래 한줌의 그늘, 톡 쏘는 막걸리 한 모금, 짭조름한 김부각 한 조각.

"한숨만 자고 갈까?"

몇 시간 후 산채비빔밥으로 유명하다는 맛집에 들렀지만, 몇 수저 뜨지 못했다. 걷다 서다를 반복하며 겨우 숙소에 도착. 주인장에게 미리 부탁해뒀던 바베큐가 한상 차려졌지만 먹는 둥 마는 둥 했다. 막걸리 때문인 건지 떨어진 체력 때문인 건지 계획과 달리 이른 저녁 모두가 취해버렸다.

두 번째 코스는 전북 남원과 경남 함양을 잇는 옛 고갯길 등구재를 중심으로 지리산 주능선을 조망하고, 넓게 펼쳐진 다랑논과 6개 산촌마을을 지나야 하는 코스였다. 자그마치 19km. 첫날의 두 배 거리다.

"가능할까? 그것보다 우리 괜찮을까?"

전날보다 줄어든 건 체력 뿐만이 아니었다. 말수도 줄었다. 버려진 나무막대기를 보면 그리 반가울 수 없었고, 누구 할 것 없이 냉큼 집어 지팡이 삼았다. 콘크리트 바닥이며 산기슭이며 눕는 게 아무렇지 않게 되었다. 소화는 또 왜 그렇게 잘되는지 아침 먹은 지 얼마나 됐다고 그새를 못 참고 배에서 신호를 보낸다. 찾아둔 맛집까진 한참이나 남았는데 말이다.

"꺼내자."

"나물은 다행히 안 상했어."

지난 밤 미리 사놓은 막걸리와 오늘 아침 민박집 주인장이 챙겨준 나물의 효과는 여느 피로회복제보다 강력했다. 맛집 두 개는 그냥 건너 뛰어도 될 정도로. 이후로 몇 번의 피로회복 구간을 거쳐 다리의 감각이 무뎌질 즈음 저녁을 먹기 위해 예약해 둔 식당에 도착했다. 거하게 차려진 한정식 앞에도 우린 흔들리지 않았다. 지금 이순간 오로지 필요한 건, 막걸리 뿐.

"이 참에 구호도 만들자. 둘레길엔~ 막걸리다! 어때?"

애초 계획했던 맛집투어는 커녕 평소라면 하지 않았을 거리 눕방이나 좋아하지 않는 막걸리만 연신 들이키던 여행. 종종 그때 사진을 들여다 보곤 피식피식 웃곤 한다. 둘레길도 막걸리도 친구들도 오월이던 찬란하던 그 시절을.

63

★ 작가 추천 플레이스

참새가 방앗간을
그냥 지나랴

상호
부용가든

주소 : 강원도 춘천시 북산면 오봉산길 672
영업시간 : 매일 09시 – 17시30분

부용가든

청평사 내려오는 길목에 위치한 야외식당으로 전 부치는 고소한 소리
와 냄새가 발길을 절로 이끄는 곳. 허기와 갈증을 채우기에 막걸리만
한 게 없다. 한계령 옥수수막걸리와 해물파전 추천. 기본 찬으로 나오
는 산채 나물과 동치미, 깍두기만 있으면 사실 별다른 안주도 필요없
다. 소양강을 바라보며 한 잔 두 잔 걸치다 보면 어느덧 해가 기운다.
취하기 전 막배시간 확인은 필수.

혜자스러운 맛

　몇 해 전, 춘천으로 한달살이를 떠났다. 막국수와 닭갈비보다 더 자주 찾았던 곳은 백반집으로 주로 갔던 곳들은 가마솥, 바탕골, 강릉집, 한어울처럼 시골에 가면 볼 수 있는 투박한 이름의 식당들이었다. 숙소 근처에 있어 종종 들렀던 '강릉집'은 커다란 양은 쟁반에 십여 가지 수의 반찬을 빼곡이 채워 내어줄 만큼 푸짐하여 밑반찬만 갖고도 밥 한공기 뚝딱할 수 있는 곳이었다. 허영만이 다녀가서 유명해진건지 원래 유명했던건지 코로나도 발 못붙일 정도로 온종일 문전성시였다. 춘천에서 7천원짜리 백만만 시켜도 반찬수가 열 개 이상인 곳이 비단 이

집만은 아니었다.

　어떤 날은 일부러 낡고 허름해보이는 식당에 들어갔다. 오래된 간판에서부터 맛집 포스가 느껴지는 곳이었다. 주문을 하고 기다리는데, 꼬부랑 할머니가 제 몸집보다 큰 쟁반 가득 찬을 내주었다. 곧이어 꾹꾹 눌러 담은 흰 쌀밥과 바글바글 끓고 있는 김치찌개가 뚝배기에 담겨져 나왔다. 하는 일도 없이 왜 끼니때만 되면 배는 고픈건지 이날도 허겁지겁 먹은 모양이다. 할매는 그런 나를 물끄러미 쳐다보곤 말했다.

　"배가 많이 고팠는가. 이거 직접 재워 방금 구운 김이야. 어여 먹어."

　김을 가져다 주며 비워진 찬그릇들을 가져다 다시 채워주는데, 처음 내어준 것보다 더 수북하다. 배는 진작 불렀지만 모조리 비웠다. 혜자스러운 한끼였다.

　평소 자주 사용하는 '혜자다', '혜자스럽다'라는 말의 출발점은 편의점 도시락이다. 품질 좋은 맛과 합리적 가격에 국민엄마로 불리는 배우 김혜자의 푸근한 인상을 접목한 상품이 인기를 끌며 이와 같은 신조어를 만들어냈다. 내가 사는 곳에선 이런 혜자스러운 곳을 만나기 쉽지 않다. 사실 내 고향 인천이 짜다는 말은 어릴 때부터 많이 들어왔다. 바다를 지척에 둔 도시이기도 하고 지역민이나 외지인이나 이곳에 터를 잡고 고군분투하며 악착같이 살아가는 모습이 낳은 말일 수도 있다. 인구 300만의 대도시. 하지만 여전히 그러한 이야기를 걷어낼 수 없는 것은 어쩌면 높은 인구밀도가 이유일 수도 있겠다. 반면 인천과 비슷한 면적인 춘천의 인구는 고작 30만이다. 그러다 보니 도로도 넓고 차 막히는 일이 없다. 신호 대기가 꽤 긴 편인데도 클락션을 울리거나 신호를 위반하는 경우가 없다.

　길도 차도 사람도 음식도 여유가 있다. 인구 밀도 대신 마음의 밀도가 높은 곳, 춘천은 혜자스러운 맛의 도시였다.

★ 작가 추천 플레이스

다양한 생선구이가 올려진
푸짐한 한상차림이 있는 곳

상호

강릉집

주소 : 강원도 춘천시 서부대성로46
영업시간 : 06시20분 – 16시 (일요일 정기휴무)

강릉집

어머니의 대를 이어 40년 째 운영 중인 이곳은 닭갈비, 막국수를 뛰어
넘은 춘천 대표맛집이다. 허영만 백반기행으로 알려지며 웨이팅은 필
수인 곳. 커다란 은쟁반에 다양한 밑반찬과 더불어 노릇하게 구워진
생선구이가 올려지고 쟁반에 못담은 음식들은 테이블 위를 가득 채
운다. 춘천 가서 한끼만 먹을 수 있다면 닭갈비 노! 이곳을 추천한다.

2부

결혼은 따로국밥

모르는 맛

　며칠 전 동네에 있는 작은 레스토랑에 갔다. 남편과 나는 한식파이지만, 이따금 데이트 느낌을 내고 싶을 때면 양식당을 찾는다. 메뉴를 고른 후 음료를 선택했다. 운전을 해야 하는 남편은 탄산수, 나는 와인 한 잔.

　잠시 후 서빙 된 와인 잔을 바라보며 느슨해진 뇌의 회로를 가동했다.

　'보기 - 맡기 - 돌리기 - 맛보기 - 음미하기'

　어디선가 들어본 와인 마시는 순서다.

　첫 번째 들여다보기. 연붉은색. 이 단계에서는 와인의 색을 보고 포도의 품종과 숙성 정도를 예상해볼 수 있다. 이어 잔 안에 코 끝 대고 깊게 들이 마시기. 달큰한 향. 이제 와인잔을 돌릴 차례. 잔을 바닥에 댄 채 받침에 손을 올리고 왼쪽 방향으로 서너 번 돌려주니 붉은빛 액체가 회오리치듯 일렁이기 시작한다. 와인이 산소와 만나 맛과 향이 더 빠르게 피어나도록 돕는 중요한 과정이다. 기나긴(?) 여정을 마치고 드디어 머금기. 곧바로 삼키지 않고 입 안 구석구석에 모두 닿을 수 있도록 씹어보고, 가글하듯 굴려보아야 한다. 하지만 목이 말랐기에 바로 삼켰다.

"약간의 프루티향이 느껴지는데 탄닌은 전혀 없는 거 같아. 바디감도 적당하고 밸런스가 좋아."

마치 소믈리에라도 된 듯 남편에게 평을 늘어놓고 있을 때 주문한 음식이 나왔다. 직원에게 와인 맛이 너무 좋다며 메뉴판을 펼쳐놓고 고가의 와인들을 가리키며 방금 마신 와인이 무엇이냐 물었다.

"리스트에는 없어요. 저희가 잔으로 판매하는 와인은 ○○○이에요."

남편은 냉큼 휴대폰을 집어 검색 후 내게 보였다. 마트에서 판매하는 대용량팩에 담긴, 저가 와인이었다.

이튿날 아침 일찍 집을 나섰다. 글쓰기수업 마지막 시간이다. 삐질삐질 땀을 흘리며 책방에 들어서니 주인장이 친근하게 묻는다.

"오늘은 어떤 커피 드릴까요?"

"아, 시원한 거로 주세요."

때이른 무더위는 '뜨아'만 고수하던 어느 '바리스타 자격증 소유자'의 커피 철학을 무너뜨렸다.

은은한 헤이즐넛향, 적당한 산미가 텁텁한 입 안을 시원하게 해주었다. 주인장에게 물었다.

"와~ 이거 무슨 원두에요? 지난 원두보다 훨씬 더 맛있는 거 같아요."

"아, 그거 편의점 캔커피인데, 마침 어제 머신이 고장나서요."

"ㅎㅎㅎ 제 입맛이 싼마이 인가봐요. 어제도 이런 일이 있었거든요. ㅎㅎㅎ"

옆에서 대화를 듣고 있던 수강생이 조심스레 위로를 전한다.

"뭣이 중해요. 맛있으면 그게 최고죠."

싼마이 입맛은 금세 탄로 나는 법.

아는 척은 금물이다.

★ 작가 추천 플레이스

와인 초보자를 위한 성지
'와틀샵'

상호
와인파인땡큐

주소 : 인천 부평구 부평문화로65번길 16, 2층
영업시간 : 매일 인스타 공지

와인파인땡큐

부평 평리단길에 위치한 와인버틀샵 '와인파인땡큐'. 와인 버틀마다 맛, 지역, 품종, 가격 등 상세한 설명이 적혀져 있어 선택에 용이하다. 선호하는 맛의 취향이나 즐길 장소, 예산 등을 말하면 주인장이 그에 맞는 적절한 와인을 추천해준다. 더불어 구매한 와인 마시는 방법이나 오프너 사용 여부, 페어링하면 좋은 안주까지 안내해주니 와인 초보자들에게 안성맞춤인 곳이다.

건들지 않는 맛

회식 메뉴를 정하다 상사가 가장 좋아하는 음식을 물었다.

"무교동 낙지볶음이요."

세상에 맛있는 것이 얼마나 많은데 고작 그거냐며 핀잔 아닌 핀잔을 주었다.

출장이든 여행이든 이십여 년간 국내외를 돌아다니며 맛집 또한 열심히 찾아다녔다. 세계 3대 진미라 불리는 것들을 비롯해 이름도 외우기 힘든 다양한 음식들까지 나름 섭렵했지만 죽기 전에 먹고 싶은 단하나의 음식을 꼽으라면 '낙지볶음'이다.

사회 초년생일 때 회식 장소로 갔던 종로에서 이 음식을 처음 접했다. 먹는 순간 머리가 띵해지면서 아무런 생각이 없어지는 맛. 부드럽고 쫄깃한 식감은 물론 중독성 강한 매운맛이 그날의 스트레스를 날리는 데 꽤나 크게 일조했던 것 같다. 얼얼함을 달래기 위해 먹은 콩나물과 단무지로 배가 가득 찼던, 혀의 감각이 일시적으로 실종됐던 그 강렬한 첫만남을 잊을 수 없어 종종 그곳을 찾았다.

평소 요리하는 것을 좋아해 맛있게 먹은 음식들은 집에서 곧잘 따라해보지만, 낙지볶음만큼은 시도조차 하지 않았다. 우선 재료 손질부터가 난관이다. 미끄덩하고 물컹한 낙지를 맨손으로 만질 자신이 없었고 그토록 매운맛은 어떻게 내야 하는지도 도통 감이 오질 않았다. 이런 나에게 친구는 출처 모를 레시피를 공유해 주었다.

"낙지는 손질된 거 냉동으로 사고 일단 만들어봐. 이거 유명 맛집 레시피인데 특별히 너한테만 알려줄게."

"고마워. 근데 낙지볶음은 앞으로도 계속 사먹을래."

뭐랄까. 이 맛만큼은 변형이나 실패를 느끼고 싶지 않았다. 건드리고 싶지 않은, 지켜주고 싶은 맛이라고나 할까.

여느 소중한 것을 대할 때의 마음처럼 말이다.

★ 작가 추천 플레이스

매운맛의 진수를
느껴보고 싶다면

상호

이강순실비집 본점

주소 : 서울시 종로구 청계천로 75-1
영업시간 : 매일 10시 – 22시

이강순실비집 본점

바람 부는 날에는 압구정동에 가야 한다? 스트레스 받는 날에는 종로
에 가야 한다. 극강의 매운맛으로 근심 걱정 따위는 날려버리자. 50년
넘게 이어져오는 만큼 매운맛에서도 깊이와 전통이 느껴지는 곳.
맵찔이들은 섣불리 덤비지 말기를⋯ 그럼에도 도전한다면 조개탕과
계란찜 그리고 두루마리 휴지 필수.

Recommended place

약식케이크

처음부터 사랑받는 며느리는 아니었다. 나이는 많고 모아둔 돈은 없으며, 장래도 불투명한 예술 분야 종사자. 설상가상 애교가 있기는 커녕 무뚝뚝하기까지 하다. 훗날 귀하게 키운 아들이 이런 여자를 데려온다면 나 역시 며느리 감으로 탐탁치 않아 했을테다.

그러다 보니 시댁 가는 일이 편치만은 않았다. 매해 행사처럼 치르는 고작 몇 번의 기념일, 왕복 2시간의 거리였지만, 마음은 늘 천근만근이었다. 겉으로 티를 내진 않았지만 우리 사이엔 미묘한 긴장과 불편한 친절이 있었고, 신랑은 중간에서 눈치보기 바빴다. 그런 그에게 신혼 초 이렇게 말했다.

"아무리 특별한 관계가 형성되었다 해도 삼십 년 이상 모르고 살던 사람에게 갑자기 친한 척 연기할 순 없어. 억지로라도 못해. 시간이 필요해. 언제가 될지 모르겠지만 자연스러워질 때까지 기다려줘."

돌아보면 내 입장만 생각한 배려 없는 소리다. 그럼에도 채근하지 않고 묵묵히 기다려준 그가 고마울 따름이다. 결혼 10년 차가 되어가는 시점. 나의 일방적 생각일지도 모르겠으나 어머니와 무척이나 잘 지낸다. 이따금 늦은 밤 만취해 전화를 걸어도 받아주는 것을 보면 말이다. 대화도 어쩌나 맛깔스러운지 통화는 기본 한 시간 이상이다.

우리 사이의 변곡점이 무엇일까 떠올려봤다. 아마도 그해. 결혼 4년 차, 어머니의 생신이지 않을까. 매해 생신 때 집 앞 제과점에서 케이크를 사고 근처 식당에서 고기를 구웠다. 그때는 어떤 연유에서인지 무언가 특별한 선물을 해야겠다 싶었다. 한참을 고심 끝에 케이크를 만들기로 했다. 몇 년간 지켜본 바 생크림이나 치즈가 들어간 케이크는 그의 취향이 아니었기에 이색적인 것을 찾았다.

'약식케이크'.

어릴 적 떡집에 가면 가장 먼저 집어올 만큼 좋아했던 약식(약밥). 검색해서 찾은 레시피는 예상보다 간단했다. 재료도 쉽게 구할 수 있는 것들이었고, 찜기가 아닌 전기밥솥으로도 가능했다. 짧은 시간에 생각보다 그럴싸하게 완성됐다. 무지의 케이크 박스를 사서 담은 후 리본으로 한껏 힘을 줬다.

디데이. 의기양양하게 생신상에 올렸다.

"하하하"

처음 보게 된 어머니의 함박웃음이었다. 가방, 옷 그 어떤 선물을 드렸을 때 보다 좋아하셨다(물론 현찰을 이기진 못한다).

'휴~ 일단 비주얼은 합격이다.'

대망의 시식시간.

"맛있어… 근데 음… 약간 단 거 같기도… 아니 약간 쓴 거 같기도…"

낭패다. 사실 좀더 진한 색을 내고자 흑설탕과 계피가루를 레시피보다 한 스푼씩 더 넣었더랬다. 왜 맛볼 생각을 안했을까 후회하는 사이 한접시를 깨끗이 비우셨다. 그제서야 나름의 노고와 핑계를 읊어댔다.

"내년엔 힘들게 만들지 말고 그냥 사 와."

맛은 기억나지 않는다. 남은 케이크의 행방도 모른다. 다만, 약식케이크로 특별한 생일이 되었다는 것. 그것만큼은 모두의 추억이 되었다.

"유림아, 너 살 좀 찐 거 같아. 흐흐"

"어머니, 이번 김장김치는 좀 짠데요. 흐흐"

어머니와 나의 관계는 여전하다. 그날 약식케이크 맛처럼.

★ 작가 추천 레시피

메뉴
약식케이크

사랑받고 싶을 때
'약식케이크'

재료 : 찹쌀 3컵, 고명(대추, 밤, 은행, 잣, 건포도 등), 양념장(양조간장 2큰술,
흑설탕 3큰술, 계피가루 1큰술, 소금 0.5큰술, 참기름 1큰술)

❶ 밥솥에 찹쌀 3컵 씻어 1시간 불린다

❷ 말린 대추 10개를 식초물에 세척한다

❸ 물(2.5컵)을 끓여 세척한 대추를 불린다

❹ 불린 대추 씨를 제거한 후 밀대로 납작하게 민다

❺ 장식용으로 쓸 대추 몇 개를 돌돌 말아 썰어 꽃모양을 만든다

❻ 나머지 대추는 잘게 다져 다른 고명과 함께 준비한다

❼ 양념장을 만든다

❽ 대추 불린 물에 양념을 넣은 후 고루 섞는다

❾ 찹쌀에 양념장을 부은 후 준비한 고명을 올린다

❿ 전기압력밥솥에 넣고 취사버튼(백미모드)을 누른다

⓫ 취사가 완료되면 참기름과 꿀을 한큰술씩 넣은 후 고루 섞는다

⓬ 케이크 받침대 위에 원형 틀을 올리고 약식을 담은 후 장식용으로 만들
어둔 고명을 올린다

⓭ 잠시 식힌 후 모양이 잡히면 케이크 띠지를 두른다

어머니를 웃음짓게 했던 약식케이크의 레시피는 다음과 같다. 물론
맛은 보장 못한다.

마가린밥

　한철 유행일 줄 알았던 먹방 프로그램의 인기는 식을 줄 모른다. 맛집 탐방으로 시작했던 먹방 프로는 요리 기행, 요리 대결로 형태만 바꿔가며 시청자들에게 꾸준히 사랑 받고 있다. 전문 쉐프이지 않아도 연예인을 비롯한 유명인들이 나와 이미 SNS에서 핫한 레시피를 그들만의 레시피 마냥 소개하기도 한다. 그 중 비법소스, 만능양념장 같은 것들은 몇 번 따라 만들어보기도 했는데, 가장 많이 사용하는 재료는 간장 그리고 버터였다.

　간장이야 익숙하지만, 버터는 성인이 된 후 패밀리레스토랑에서 주는 식전빵을 먹을 때 처음 접했다. 한동안 베이킹에 빠져 있을 때 열심히 사들였지만 그때 뿐, 지금 냉장고에 버터를 대체하는 것이 따로 있다. 마가린. 볶음밥을 할 때도, 토스트를 만들 때도 버터 대신 마가린을 사용한다. 이는 어릴 적 영향인 것 같다. 냉장고에 반찬이 떨어져도 마가린 한 통만 있으면 든든했던, 가스불로 할 수 있던 것이라곤 라면 끓이기와 달걀 프라이가 전부였던 시절, 자신있게 만들 수 있는 요리는 '마가린밥'이었다.

　마가린과 간장이 밥 알알이 스며든 마가린밥은 식감은 부드럽고 고소한 맛과 짠맛이 환상의 케미를 선보인다. 거기에 밥알이 톡 터지며 내는 단맛까지. 맛있는 맛은 죄다 모였다. 한술 가득 떠 몇 번 씹으면 모락모락 뜨거운 김에 마가린 녹아 내리듯 흔적도 없이 사라진다. 또 하나의 먹팁은 바로 구운 김에 싸먹는 것인데 더 이상의 설명이 필요 없는 맛이다.

마가린밥은 어린 날 아빠에게 전수받은 레시피로, 야간 근무 나가는 날이나 저녁 모임이 있을 때 만들어 먹으라며 알려주었던 것이다. 흰 밥의 쓸쓸함을 달래 주던 마가린밥. 글을 쓰다 보니 문득 허기가 밀려왔다. 냉장고를 열고 마가린을 꺼냈다. 유통기한이 두어 달쯤 지났다. 먹다 남은 찬밥을 전자레인지에 돌린 후 마가린을 넣고 쓱쓱 비볐다. 간장도 넣고 참기름도 톡톡 몇 방울 떨어뜨렸다.

맛없다.

유통기한 지난 마가린 때문일까? 달걀 프라이가 빠져서일까?

결론은 둘 다.

빨리 라면이나 끓여야겠다.

★ 작가 추천 레시피

메뉴
마가린밥

똥손이 만들어도 보장되는 맛
'마가린밥'

재료 : 쌀밥, 마가린 1큰술, 달걀 1개, 간장 1/2큰술, 참기름 1/2큰술

❶ 대접을 준비한다(비빌 땐 무조건 대접)

❷ ❶에 밥을 가득 담는다(갓 지은 밥일수록 좋다)

❸ ❷ 위에 마가린 한 큰술 넣고 골고루 섞는다

❹ ❸에 달걀 프라이를 올린다

❺ ❹에 간장 반큰술과 참기름 반큰술을 넣고 섞는다

몇 해 전, 갑자기 조카들을 돌봐야 할 일이 생겼다. 옷이며 놀잇감이며 챙겨야 할 것들이 넘쳐나는데 망둥이 녀석들이 배가 고프다 울부짖었다. 손이 모자란 난 남편에게 마가린밥을 만들어주라고 했다. 남편은 명령어를 입력하는 대로 곧잘 따라 만들었다. 시장이 반찬이었을까. 아이들은 허겁지겁 금세 먹어치우더니 아이스크림을 달라고 했다.

레시피는 예상하듯 초간단이다.

수육이 먹고 싶어서

　결혼 후, 매해 김장철이 되면 전주로 향했다. 새언니의 친정이 그곳에 있기 때문이다. 김장이란 것을 해본 적이 없거니와 급식 조리사인 사돈(전주 으뜸 손맛으로 불리는)의 김치는 명실상부 최고의 맛이기 때문이다. 존경과 사심 한가득으로 사돈 식구들과 함께 김장을 연례행사처럼 치르곤 했다. 사돈은 도착하기 전 재료 손질부터 양념까지 준비를 마쳐 놓았기에 난 그저 절인 배추 잎을 펼쳐 양념 몇 번 바르면 김장 끝이다. 별 도움은 되지 않지만 그래도 인심 좋은 사돈식구는 김장김치 몇 통을 챙겨준다.

김장이 끝났다는 것은 또 다른 행사의 시작임을 알린다. 누구의 지시 없이도 각자 역할을 찾아 일사천리로 움직인다. 남자들은 거실 바닥을 정리한 후 상을 펼치고 여자들은 주방에서 고기를 삶고 갓 담근 김치와 생굴 그리고 알배추를 먹기 좋게 잘라 담는다. 평소 물에 빠진 고기는 별로 좋아하지 않지만 이날 먹는 수육만큼은 투뿔 한우보다도 맛있다. 취기가 좀 오르면 사돈은 담금주를 꺼낸다. 술을 전혀 못하는 오빠 부부와는 달리 애주가라는 수식어를 달고 사는 우리 부부와 합이 좋다.

코로나가 유행하며 모임 인원제한이 시작되고 김장행사도 종료되었다. 새언니만 전주에 다녀와 김치를 챙겨다 주었다. 그러던 어느 해, 신랑에게 김장을 담그자 했다. 시간과 비용을 따지며 그냥 사먹자는 신랑에게 말했다.

"수육이 먹고 싶어서."

가까스로 설득해 마트에서 배추 세 포기와 천일염을 샀다. 김장철이 지난 시기라 절인 배추가 없었고, 이것은 고난의 시작임을 알린다. 사돈에게 전화를 걸어 김장 양념을 물었다. 오십 포기에 대한 재료를 세 포기 기준으로 환산해서 구매했다(이것도 꽤나 복잡했다). 집으로 돌아와 배추를 다듬기 시작했는데, 배추 포기가 그렇게 큰 줄 처음 알았다. 시들거나 상해 걷어내야 하는 잎이 꽤 많았고, 세 포기 손질하는 데만 꼬박 한시간이 걸렸다. 옆에서 한숨 소리가 연신 들려왔지만 아직 더 큰 산이 남아있었다.

'집에 대야도 없는데 배추는 어떻게 절인담.'

급히 마트에 가서 사온 김장 비닐에 4등분 한 배추를 넣고 천일염과 물을 부은 후 입구를 묶었다. 배추 봉지를 욕조에 넣고 저녁 6시부터 다음날 아침 8시까지, 2시간 간격으로 굴려줬다. 이튿날 아침, 반쯤 감긴 눈으로 속재료 손질을 시작했다. 무, 청갓, 쪽파, 마늘, 생강 등. 어떤 것은 채로 썰어야 하고 어떤 것은 믹서기로 갈아야 했다. 풀도 쒀야 했고, 육수도 우려야 했다. 절인 배추를 몇 번이고 씻어 물기를 빼는 동안 남은 재료들을 준비해 양념을 만들었다. 벽지이며 바닥이며 고춧가루 양념이 사방팔방으로 튀었다.

'괜찮아. 누구나 처음은 있는 거니깐.'

자위하며 팔을 걷어 부치고 본격적인 김장 담그기에 나섰다. 준비하는 데만 한나절은 걸린 거 같은데 만드는 건 순식간이었다. 그렇게 우여곡절 끝에 담근 첫 김장. 어머니댁, 오빠네, 그리고 제주에 보내고자 여러 통에 나눠 담았다. 이제 길고 긴 여정의 대미를 장식할 순간이다.

'자! 이제 수육을 만들어 볼까?'

냄비에 파, 통마늘, 통후추, 된장 한 스푼, 커피 한 스푼, 돼지고기를 넣어 삶았다. 시간이 지나 구수한 냄새와 촉촉한 증기를 내뿜는 고기를 꺼내 먹기 좋게 썰었다. 부들부들한 고기는 육즙을 가득 품고 있었다. 김장 김치에 고기 한 점 얹어 돌돌 말아 넣고는 씩 웃었다. 김장이든 수육이든 나름 선방했다고 좋아하는 날 보고 신랑이 행복하냐 물었다.

"응, 행복해. 근데 앞으로는 김장 하지 말자."

경험은 한 번으로 족하다. 김치는 일손을 보태고 얻어먹거나 맛집에서 사 먹는 것이 효율적이고, 고기는 역시 수육보단 구워 먹는 게 맛있다는 결론을 끝으로 김장 포기 선언.

"김치는 정성과 사랑입니다. 남기지 맙시다."

85

★ 작가 추천 레시피

메뉴
한방수육

집들이 음식으로도 손색 없는
'한방수육'

재료 : 돼지고기(삼겹살 또는 앞다리살) 1근, 간장 2큰술, 미림 1큰술,
설탕 1큰술, 통후추, 쌍화탕 1병, 홍삼액 1포

*기타 채소(대파, 양파, 마늘, 생강 등)는 선택사항

❶ 냄비에 돼지고기를 넣는다

❷ ❶에 간장 2큰술, 미림 1큰술, 설탕 1큰술을 넣고 버무린 후 30분간 재운다

❸ 재운 고기에 쌍화탕 1병과 홍삼액 1포를 넣는다 (기타 채소는 선택사항)

❹ 냄비가 절반 정도 차도록 물을 붓는다

❺ 강불에서 15분 삶은 후 중약불로 30분간 졸인다

86

집마다 수육 삶는 법은 다양하지만, 최근 발견한 손쉽고 간단한 레시피로 집들이 때 꽤 호평 받은 메뉴 중 하나다. 비싸고 다루기 힘든 약재 대신 쌍화탕 그리고 홍삼액만으로 그럴싸한 한방수육 만들어보자.

옛통집 VIP

이사 체크리스트에서 절대 놓쳐서 안되는 것 중 하나가 집 주변 맛집 찾기다. 지난해 새로 둥지를 튼 동네에서 맛은 물론 인심까지 좋은 고기집은 찾았지만, 대형 프랜차이즈 가게들 사이에서 개성 있고 가심비 좋은 치킨집 찾기는 쉽지 않았다. 고물가 시대 치킨은 이제 한마리에 2만 원이 훌쩍 넘고 배달비까지 붙으면 여간 부담스러운 가격의 메뉴가 되었다.

그러던 어느 날 산책 중 우연히 발견한 옛날통닭집, 가격이 적힌 현수막에 시선이 꽂혔다. 통닭 한마리 9,500원. 인터넷 검색으로는 나오지 않던 집이었다. 적잖이 놀라며 들어선 가게에는 초벌을 마친 통닭들과 한낮부터 치맥을 즐기는 사람들로 분주했다. 치킨에 생맥주까지 시켜도 2만원을 넘지 않는다. 비닐 천막, 빨간색 플라스틱 테이블, 노포 느낌이 물씬 느껴지는 이곳을 찾는 이들은 남녀노소할 것 없다. 레트로 감성을 좇는 MZ들의 취향도 저격했다.

얼마 전 집 구경을 하겠다고 친구들이 찾아 -정확히는 쳐들어-왔다. 치킨이 먹고 싶다는 그들의 외침에 옛통집으로 향했다. 생맥주와 옛날 통닭 그리고 그의 단짝 골뱅이무침을 시켰다. 생크림 이불을 덮은 황금빛 맥주가 먼저 나왔다. 지체할 시간이 없다. 톡톡 튀어오르는 탄산이 터지기 전 마셔야 한다. 목구멍을 최대 개방한 후 벌컥벌컥 들이킨다. 짜릿한 청량감 뒤로 희고 보드라운 거품만 입가에 남는다.

이내 치킨이 나오면 테이블 한쪽에 놓인 비닐장갑을 낀다. 곧 수술실에 들어가기라도 할 듯 비장하다.

"앗 뜨거!!!" 갓 튀겨져 나온 치킨이 만만할 리 없다. 장갑을 벗고 집게를 든다.

"이모, 여기 생맥 두 잔 더 주세요, 닭똥집도 추가요!"

여기 저기 주문 소리가 끊이질 않는다.

벨트도 정신도 풀고 먹다 보니 어느 덧 새벽 두 시.

자리를 정리하려고 하는데 계산서를 보고 흠칫.

그런 나를 보고 사장님은 방긋.

'넷이 배불리 먹었는데, 고작 십 만원이라니.'

이후로 사장님은 나를 알아보시곤 오랜 단골처럼 대해주었다. 서비스로 나오는 뻥튀기나 절임무도 그릇이 넘칠 듯하게 내어주었고 안주양도 전보다 푸짐해졌다. 소소한 일상 안부도 챙겼다.

"올 여름 무지 덥지. 휴가는 다녀왔어?"

아마도 그날 이후 난 옛통집 VIP가 된 듯 하다.

★ 작가 추천 플레이스

한 턱은
옛통집에서!!!

상호
옛날통닭

주소 : 인천 서구 완정로 126, 1층
영업시간 : 15시 – 01시 (월요일 정기휴무)

89

옛날통닭

옛날통닭, 골뱅이무침과 함께하는 생맥주 한 잔이면 임금님 수라상
도 부럽지 않다. 기분좋은 날 한 턱 내기에 이만한 곳이 없다. 인상
좋고 친절한 노부부가 운영하는 곳으로, 음식마다 어머니의 깊은 손
맛을 느낄 수 있다. 가성비 끝판왕 옛통집에서 VIP가 되어보자.

식초냉면

나의 여름 최애 메뉴, 냉면.

좋아하게 된 시점은 기억나지 않지만 싫어하게 된 계기는 정확히 떠오른다. 중학교 1학년 중간고사 기간, 선생님을 도와 채점을 마치고 냉면을 먹으러 갔다. 그때 '함흥냉면'이란 것을 처음 접했는데 은회색빛을 띤 가늘고 얇은 면이 놋그릇에서 진갈색 육수에 반신욕하듯 담가져 있는 것이 임금님 수라상에서나 볼 법한 이미지였다. 면 위로는 도톰하게 썰린 고기 몇 점과 배 한 조각, 절인 무와 오이 그리고 삶은 달걀 반쪽이 서로를 지지대 삼아 탑을 쌓고 있었다. 초딩 입맛이 깊게 우린 국물 맛을 알 턱이 없었고, 고명부터 하나씩 먹어치웠다. 배를 집어 국물에 살짝 담갔다 먹었다. 아삭하고 달콤했다. 면을 풀어 한 젓가락 크게 집어 입에 넣었다. 길게 이어진 면이 당최 끊어지질 않았다. 소심한 성격에 가위 달라는 말도 못하고 면발이 끊기는 지점을 향해 계속 밀어넣다 보니 미처 씹지 못한 면들이 목구멍 넘어가기 직전이 되었다. 눈에 압이 차오르더니 이내 냉면 사발에 톡 하고 물이 떨어졌다. 이런 나를 발견한 선생님은 급히 직원에게 접시를 달라고 한 후 뱉으라며 등을 두드려 주었다. 이날 처음 알게 되었다. 냉면은 잘라먹어야 한다는 것. 그리고 내 치아가 부정교합이란 것도.

　한동안 냉면은 거들떠 보지도 않았다. 언제부터 다시 먹기 시작한 지도 모르지만, 아마도 국물을 좋아하게 된 시점부터일 듯 하다. 사회 생활을 시작하며 술자리가 잦아졌고, 이튿날이면 해장할 음식을 찾게 됐다. 사람마다 추천해 주는 메뉴는 달랐다. 어떤 이는 라면이나 짬뽕을 먹으라 했고, 어떤 이는 동태탕이 최고라 했다. 어떤 이는 햄버거나 피자를 추천했다. 그러던 어느 날, 나의 뒤틀린 속사정을 모르는 선배들은 점심으로 냉면을 먹자 했다. 살얼음이 동동 띄워져 있는 냉면 육수가 식도를 타고 넘어가는 순간 파도처럼 일렁대던 위와 장이 진정되기 시작했다. '이거다!' 이후 여름이 아니어도 냉면 찾는 일이 잦아졌다.

　냉면을 주문하다 보면 항상 겨자와 식초가 함께 나온다. 곁들여 먹으면 맛있다고 하여 여러 비율로 넣고 먹어보았으나 겨자는 육수 본연의 맛을 해치는 느낌을 받았고, 식초는 조금 넣으니 감칠맛이 도는 듯 했다. 문득 식초가 다이어트에 좋다는 이야기가 떠올랐다.

　'한 술만 더 넣을까? 두 술? 세 술? 에라 모르겠다. 왕창 넣자'

　본연의 맛은 오간데 없고 완전 다른 맛이 되었다. 그런데 이상하다. 맛있다. 시큼하지만 먹을수록 살이 빠지는 기분이랄까. 요즘 표현으로 텀블러에 싸서 다니고 싶을 정도다. 이후 냉면집에 가면 면발 대부분은 다른 사람에게 덜어주고 국물만 들이켰다. 주변에선 그럴 거면 냉면을 먹지말라고 했다.

　어느 날이었다. 고기집에서 회식을 하는데, 목이 말라 중간에 냉면을 시켰다. 여느 때처럼 면은 다른 이에게 건져주고 육수에 식초 반통을 들이 부었다. 숟가락으로 떠먹는 것이 귀찮다 여겨져 물컵에 따라 마셨다. 그러던 중 옆에서 '우웩' 하는 소리가 들렸다. 물인 줄 알고 내 컵에 담긴 냉면 국물을 마신 것이다.

이후로도 나의 취향은 한결 같았다. 함흥냉면, 평양냉면, 칡냉면 그 어떤 냉면을 먹더라도 국물은 모두 같은 맛이었다. 위염 증세가 있으니 자극적인 음식을 피하라는 의사의 말을 듣기 전까지는 말이다. 건강검진 결과지를 보며 동거인은 말했다.

"이제 식초냉면 그만 좀 먹어."

★ 작가 추천 플레이스

냉면 마니아가
강추하는 곳!!!

상호
오장동함흥냉면

주소 : 서울 중구 마른내로 108
영업시간 : 매일 11시 – 20시(화요일 정기휴무)

오장동함흥냉면

냉면의 종류는 형태, 육수, 지역, 면(메밀가루, 전분가루, 밀가루 함량)에 따라서 나뉜다. 구수한 메밀향과 은은한 육향이 매력적인 평양냉면, 전분 함량이 높아 얇고 쫄깃한 면발의 함흥냉면, 해물 육수베이스와 화려한 고명이 특징인 진주냉면 등이 있다. 그 중에도 자칭 냉면마니아라 생각하는 필자의 마음을 사로잡은 곳은 매해 여름이면 응당 찾게 되는 곳 '오장동함흥냉면'이다. 오장동함흥냉면은 1953년 개업이후 최근 6년 연속 미쉐린가이드에 선정될 만큼 꾸준히 사랑받는 냉면 맛집이다. 맑고 진한 고기육수 베이스의 함흥냉면은 식초와의 페어링이 가장 좋다.

밥情 글情 주情

삼십대 초반, 새로 이직한 직장도 어느 정도 적응했고, 연애도 휴식
기이던 시절. 이십대에 어울리던 친구들은 육아에 한창이고 하나뿐
인 혈육도 새로 사귄 여자친구와의 데이트로 바빴다. 주말 시간을 채
울 무언가가 필요했을 무렵 등산동호회, 독서모임, 영어스터디 등 여러
가지 취미생활을 찾아보다가 '캘리그라피'라는 것을 알게 되었다. 어릴
적 벼루에 먹을 갈아 화선지에 붓으로 쓰던 서예와는 달리 만년필, 마
커, 플러스펜, 딥펜 등 다양한 도구와 지류를 사용해 글씨를 아름답게
쓰는 기술. 물론 서예처럼 붓과 화선지를 이용해 글자를 쓸 수도 있고,

그래픽 프로그램을 이용해 서체를 만들 수도 있다.

점점 글씨 쓸 일이 줄어들다 보니 반듯했던 글씨체는 초딩 때처럼 변했고, 대충 휘갈겨 쓴 글은 이따금 내가 쓰고도 알아보기 힘들었다. 시간도 채우고 글씨도 교정할 생각으로 홍대 앞 학원에 등록했다. 수강 첫날, 간단한 자기소개 시간이 있었다. 나를 제외하곤 대부분 디자인회사를 다니며 업무 스킬을 향상하고자 온 사람들이었다. 공통점이 있다면 미혼에 30대 초반, 또래라는 것. 매주 토요일 3시간씩 함께 글씨를 쓰며 이야기를 나누고, 이따금 싸 온 간식을 나눠먹었다.

그렇게 1년여의 시간이 흘렀고 내밀한 이야기까지 나눌 수 있는 막역한 사이가 되었다. 이에는 酒로 이어진 情이 쌓였기 때문이다. 공교롭게 우린 모두 애주가였다. 글의 힘이었을까 술의 힘이었을까. 오랜 친구들 보다 속 깊은 이야기를 나눌 수 있었다. 자주 가던 곳은 학원 앞 노랑통닭. 바삭한 튀김옷을 입은 순살치킨에 카레, 양념, 깐풍 소스 등의 양념들이 버무려져 있었다. 치킨엔 골뱅이라는 통념을 깨고 치킨에 떡볶이라는 새로운 조합을 발견하기도 했던 곳.

학원 과정을 마친 후에도 모임을 이어갔다. 인천, 일산, 강남, 분당, 사는 곳은 모두 달랐고, 이들과 만나기 위해선 주말의 하루를 할애해야 했지만 가는 길이 늘 즐겁기만 했다. 추후 그렇게 쌓여진 글과 시간들을 모아 '취중필담'이라는 이름의 책으로 엮기도 했다. 끝나지 않을 것만 같던 우리의 주정酒情이 멈춘 것은 모두 비슷한 시기에 결혼을 하면서다.

글씨가 더 나아졌는지는 모르겠다. 다만 그 시간들을 통해 새로 알게 된 것이 있다면 밥에도 정이 있듯이 글에도 그리고 술에도 정이 있다는 것이다.

'주정'에 대해 새로이 정의해 본다.

'酒酊은 행패를 부리는 것이 아닌 酒情은 마음을 나누는 것' 이라고.

★ 작가 추천 플레이스

주정 부리고
싶은 날

상호
인하의 집

주소 : 인천 중구 우현로67번길 57
영업시간 : 평일 16시 – 24시, 주말 12시 – 24시
(월요일 정기휴무)

인하의 집

사회 초년생의 고단한 퇴근길, 고소한 삼치구이 냄새가 가득 피어오르던 골목 안으로 삼삼오오 모여들었다. 푸짐한 삼치구이 한 접시와 시원한 막걸리 한 병. 이곳은 만원 남짓으로도 배불리 먹고 취할 수 있었던 사랑방 같은 곳이었다. 이제 이 골목을 다시 찾는 이유는 푸짐하게 먹기 위해서가 아니다. 추억이 고플 때, 오래된 벗에게 마음껏 주정을 부리고 싶을 때다.

p.s. 사실 필자의 오랜 사랑방은 '도란도란'이다. 하지만 몇 해 전 폐업을 하여 현재 가장 오랜 시간 골목을 지키는 '인하의 집'으로 대신한다.

고사리와 한라산

    나의 친정은 제주다. 고사리, 감자, 마늘 등 제철 채소를 비롯해 참기름, 쌀, 떡 등이 바다를 건너 올라온다. 그는 마치 비어진 엄마 자리를 대신하듯 매번 음식들을 바리바리 싸보낸다.

    2008년 그를 만났다. 동갑내기여서 일까. 금세 친해진 우린 공통점도 많았다. 장거리 출퇴근을 한다는 것, 치맥을 좋아한다는 것, 치마보다 바지를 즐겨 입는다는 것, 막내같지 않은 막내라는 것 등등.

    얼마 지나지 않아 그의 고향집에 초대받았다. 3박 4일간 그의 부모님을 비롯해 형제자매집을 순회하며 인사를 다녔고 모두 거리낌 없이 반겨주었다. 마지막날 저녁 그의 큰 오라방이 말했다.

"이제 넌 '최가'가 아니고 '고가'여."

나는 그의 집 여섯 번째 자녀가 되었고, '고'씨 성을 얻게 됐다.

함께했던 회사를 떠나 각자의 길을 가던 중 그가 2015년 제주로 내려갔다. 전보다 만나는 횟수는 줄었지만 매일 같이 전화로 안부를 나눈다. 그는 현재 가업을 물려받아 떡집을 운영 중이다. 덕분에 우리집 냉동고는 사시사철 떡 마를 날 없다. 떡은 물론이고 갈치와 고등어는 제주산이 최고라며 아이스박스 한가득 담아보내곤 한다. 그가 보내준 여러 음식 가운데 가장 기억에 남는 것은 지난해 봄 직접 딴 고사리를 말려 보낸 것이다. 뙤약볕 아래 거친 숲을 헤치고 고사리 같은 손으로 따고 삶고 했을 모습을 상상하니 뭔가 뭉클해지는 느낌이 들었다(가) 그것도 잠시. 고사리 밑으로 신문지에 돌돌 말려 있는 하얀 병들을 보곤 빵 터졌다.

"소주는 왜 보냈어. 여기도 한라산 팔아. ㅎㅎ"

"제주4.3 75주년 기념 동백 에디션이야. 육지에선 구하기 힘들 걸."

매번 그가 보내주는 음식들은 냉장고만 채우지 않는다. 본심과 달리 낯간지러운 소리는 잘 못하는 성격에 제대로 된 인사 한 번 건네질 못했다. 육지에서든 섬에서든 언젠가 그와 함께 고사리해장국에 한라산을 정복하는 날, 못다한 말을 전해야겠다.

"촘말로 소랑햄수다."

★ 작가 추천 레시피

메뉴

고사리
올리브유 파스타

재료 본연의 맛을 살린
'고사리 올리브유 파스타'

Recommended recipe

파스타면 100g, 삶은 고사리 200g, 마늘 10개, 올리브유 3큰술,
소금 후추 약간, 장식용 고추 (청고추, 홍고추)

*기호에 따라 버섯, 양파 등을 추가해도 좋다

❶ 파스타면을 8분간 삶는다

❷ 마늘은 편으로 썬다

❸ 달궈진 팬에 올리브유를 두르고 마늘을 볶는다

❹ 마늘이 노릇해지면 삶은 고사리를 넣고 함께 볶다가 파스타면과 면수를 넣는다

❺ 소금과 후추로 간한 후 약불에서 볶는다

❻ 접시에 담은 후 장식용으로 썰어둔 고추를 올려 마무리한다

그녀가 보내준 것을 그냥 무쳐먹을 순 없었다. 고사리는 보통 나물이나 국처럼 한식에 많이 사용되지만, 양식 재료로도 손색없다. 특히 길고 부드러운 식감은 면과도 제법 잘 어울려 제주에서 고사리가 올라오면 파스타를 종종 만들어 먹는다. 평소 크림소스나 로제소스를 애용하지만, 고사리가 메인으로 등판할 때면 딱히 소스가 필요 없다. 재료 본연의 맛을 살리기엔 올리브오일과 마늘, 소금이면 충분하다. 건강하고 맛있는 '고사리올리브유파스타' 레시피를 공유한다.

무간 손여사

영화, 음악은 물론 패션도 달랐다. 음식 취향 하나만이라도 비슷하길 바랐지만 이 역시 기대와 달랐다. 커피보단 차를, 육식보단 채식을 선호했고 술은 한 방울도 입에 대지 않았다. 2013년 가족이 된 새언니. 이런 식습관을 선호하는 것이 나쁠 것은 없지만 자주 보고 지낼 사이기에 퇴근 후 치맥 한 잔 할 수 없음이 아쉬울 따름이었다.

가족이 되고 처음 맞이한 생일에 새언니는 미역국, 갈비찜, 잡채 등 푸짐한 한상을 차려주었다. 어릴 적 이후 제대로 받아본 첫 생일상이었다. 미역국부터 한술 떴다. 약간 아니 많이 싱거웠다. 다른 음식들도 마찬가지.

'그래 건강한 맛이다.' 생각하며 싹싹 그릇들을 비워냈다.

몇 해가 지나 스스럼없이 농담도 주고받는 사이가 되었을 무렵 설날 아침, 떡국을 먹으며 말했다.

"언니의 호를 지어주겠어요. '무간 손여사' 어때요?"

한동안 언니를 그렇게 불렀다. 조카들이 태어나자 음식 맛이 바뀌었는데, 그나마 조금 느껴지던 간이라곤 정말 '무간'이 되어버렸다. 언니보지 않는 곳에서 내 국에만 따로 소금을 넣었다. 아이들이 빨리 크기를 바랐다. 그러던 중 어느 순간부터 그의 음식이 맛있게 느껴지기 시작했다. 무슨 일이냐 물었다. 그는 코로나에 걸린 이후 미각을 잃었다했다. 잠시 사라진 미각이 그에겐 불행한 일이었지만 나에겐 다행(?)인 순간이었다. 하지만 이내 무간 손여사로 돌아왔고, 나는 여전히 그의 집에 갈 때면 소금통 챙기기에 여념이 없다. 물론 덕분에 조카들도 아픈 곳 없이 쑥쑥 잘 크고 있고 인스턴트 음식을 달고 살던 오라버니는 가족 중 유일하게 코로나도 물릴 칠 정도로 건강해졌다. '무간' 손여사의 호를 이제 그만 버려야겠다. 그는 '우리 가족 건강 지키미'다.

그의 활약은 오늘 낮에도 이어졌다. 중복을 맞이해 닭죽을 끓여줬는데, 내게서 소금통을 앗아갔다.

"고모, 새해엔 짜게 좀 먹지 말아요. 그리고 술도 좀 줄이고."

"네에, 근데 오늘까지만 먹게 해주세요."

★ 작가 추천 플레이스

제철 채소를 이용한
건강한 한상차림

상호

집밥유희

주소 : 인천시 계양구 임학서로10
영업시간 : 수목금토 11시 30분 - 21시 (일월화 정기휴무)

집밥유희

텃밭에서 직접 키운 제철 채소를 이용하여 건강하고 따뜻한 집밥을
만드는 비건식당이다.
꼭 비건주의자가 아니더라도 건강하고 따뜻한 한끼를 즐기고 싶을
때, 과도한 나트륨과 지방의 흡입으로 이따금 위와 장에 미안해질 때
찾으면 좋은 곳. 소창으로 만든 냅킨을 사용하고 '작은 밥' 메뉴 등
제로 웨이스트를 추구하는 주인장의 철학을 곳곳에서 느낄 수 있다.
영화 <리틀 포레스트>의 감성을 좋아하는 사람들에게 적극 추천.

메리골드맨

"오늘 몇시에 끝나? 청라에 일하러 왔는데 마치고 시간되면 잠깐 들렀다 가려고."

몇 해 전, 부당해고를 당한 그는 요즘 전국 곳곳으로 일용직 일을 다니고 있다. 첫 재판에서 승소했지만 2차, 3차 재판을 이어가며 대법원의 판결을 기다리고 있는 상황이다.

그를 처음 만난 건 십여 년 전, 집수리 현장에서다. 세상에 조금이나마 보탬이 되는 사람이 되고자 재능기부 할 수 있는 곳을 알아보던 중 취약계층을 대상으로 도배, 장판, 청소 등의 집수리 하는 단체를 알게 되었다. 매월 수도권 지역 내 달동네를 찾아다녔고, 여름이면 2박3일 일정으로 지방에 있는 노후된 집들을 다니며 무더위와 함께 벽지와 장판을 걷어냈다. 모든 현장의 선봉에는 그가 있었다. 투박한 생김새도 묵직한 말투도 딱 경상도 사나이. 그의 첫인상이었다.

한여름 뙤약볕 날씨에는 작업복으로 챙이 넓은 밀짚모자와 통풍이 잘되는 몸뻬바지만한 게 없다. 180cm를 훌쩍 넘는 경상도 사나이에게도 제법 어울리는 복장이었다.

조금이라도 수다가 길어지거나 텐션이 늘어지는 곳에서 그의 호통이 울려퍼졌다. 늘 현장이 마무리 된 후에야 검게 그을린 얼굴에서 희고 가지런한 치아가 만개하는 것을 볼 수 있었다. 저녁 자리에서 막걸리 한 잔 걸치고는 시골청년같은 순박한 미소를 지으며 말했다. "고생 많았다. 오래 함께하자. 사랑한다."

봉사현장이라면 주말도 마다치 않고 달려가던 그는 퇴근 후에는 야학에서 어르신들께 한글을 가르치고 있었다. 혹여 가정에 소홀한 건 아닐까 걱정스런 마음도 있었지만 괜한 염려였다. 누구보다 가족을 최우선으로 생각하는 그였다. 그의 아내 역시 그를 깊이 존경하고 서로에 대한 사랑과 신뢰가 두터웠다. 그런 그와 여러 해 동안 많은 동네를 다니며 무너져가는 집들을 고치고 다양한 사람들을 만나며 겹겹의 우정을 쌓았다.

그러던 어느 날, 그가 회사로부터 부서 이동 및 직위 해제 등의 부당한 대우를 받고 있다는 사실을 알게 되었다. 정치에 크게 관심을 두지 않는다 해도 화가 치밀었고, 삼삼오오 뜻을 모아 탄원서를 제출하기도 했다. 달걀으로 바위치기. 뭔가 보이지 않는 거대한 벽과 싸우는 느낌이었다. 그의 상황이 안타까웠지만, 달리 할 수 있는 게 없었다. 각자의 자리로 돌아와 저마다의 치열한 삶을 살아내고 있었다.

그렇게 몇 년의 시간이 흘렀고, 어느날 문득 그에게 연락이 왔다. 그가 찾은 인테리어 철거 현장이 마침 내가 사는 동네였다. 내일도 새벽 일찍 일을 나가야 한다 하여 식사는커녕 차 한 잔 나누지 못했다. 뿌연 먼지가 내려앉은 가방에 거칠고 갈라진 손을 넣고는 주섬주섬 무언가를 꺼내며 머쓱해하는 표정을 지었다.

"이거 주려고. 메리골드 꽃차. 주말마다 내가 직접 피우고 말려서 만든 거야. 맛있게 먹어."

노란색, 주황색, 붉은색 잔물결 무늬의 꽃잎들이 한데 어우러져 있었다. 집으로 돌아와 곱게 말려진 꽃잎을 잔에 넣고 뜨거운 물을 부어 우렸다. 황금빛 물결이 일렁이기 시작했다. 은은한 향과 함께 스며드는 꽃차의 맛은 첫맛은 시원했고 끝맛은 달았다.

얼마 전, 어느 공간에 호스트로 초대되어 사진세미나를 진행했다. 호스트가 음료를 내어주는 프로그램이 있었는데, '메리골드차'가 떠올랐다. 게스트에게 차를 내어주고 다음과 같이 전했다.

"우리 일상에서 흔히 볼 수 있는 메리골드입니다. 오렌지색, 노란색, 황금색을 띄는 꽃잎은 밀도가 높고 겹겹이 층을 이루는 모습을 볼 수 있는데요, 겹겹이 쌓여가는 우리의 인생이 황금빛으로 물들기를 바라는 마음에서 몇 번이고 쳐다보게 되는 꽃인 거 같아요.

활짝 피어 있을 땐 따뜻하고 화려한 빛깔로 우리에게 위로를 건네고 햇빛에 바싹 말린 꽃잎은 따뜻한 물에 우려 마시면 우리 몸에 피로를 걷어내줍니다. 특히 눈 건강에 중요한 루테인과 제아잔틴 성분이 가득하다고 해요. 오늘 사진을 보고 이야기를 나누는 데에 조금이나마 도움이 되었으면 하고 준비해 보았습니다."

'메리골드'의 꽃말은 '반드시 오고야 말 행복'이라고 한다. 그는 지금도 과거와 묵묵히 싸우며, 현재를 살아가고 있다. 그가 전한 황금빛 선물이 돌고 돌아 그에게 닿기를 바라본다.

★ 작가 추천 플레이스

복작복작 사람 냄새
그리울 땐

상호
광장시장

📍 주소 : 서울 종로구 창경궁로 88

봉사를 마치면 그와 함께 전철을 타고 광장시장을 찾았다. 옷과 얼굴 여기저기 달라붙은 하얀 풀자국을 쓱쓱 털어가며 복작복작 사람 가득한 전집으로 향한다. 눅진한 기름 냄새에 온종일 몸에 베인 쾌쾌한 냄새가 사라지는 것 같다. 두툼한 빈대떡 몇 장과 막걸리를 주문하고, 각자 저마다 소회를 풀어놓기 바쁘다. 짠! 짠! 짠!
그곳을 나설 땐 더 이상 쾌쾌한 냄새도 기름 냄새도 나지 않는다. 사람 냄새만 가득 베어 있다.

결혼은 따로국밥

뽀얀 국물에 밥알을 풀어
건더기들과 한데 섞는다

국밥 한 큰 술을 떠 깍두기를 얹고
입을 쫘악 벌려 밀어넣는다

절반 정도가 남으면
김치 국물을 붓고 휘휘 섞는다

맞은 편
남편의 벌건 국밥을 보니
미간이 찌푸려진다

앞에 놓인
맑은 국밥 한 큰 술 떠
호호 불어 김을 식힌다

국물 한 술, 밥 한 술에
깍두기 한 점

국밥은 역시 따로국밥이 제맛이다
결혼도 역시 따로국밥인 건가

뜨거운 국물을 호호 불어 식히며
지난 밤의 울화를 식혀본다

국밥 한 그릇 깨끗이 비우고
불룩 튀어나온 배를 두드리며
나를 보고 씨익 웃는 그

모든 걱정일랑 국밥에 말아버리고
집으로 돌아오는 길에 생각한다

섞어 먹으면 어떻고 따로 먹으면 어떠랴

어차피 뱃속에 들어가면 다 똑같은 것을

★ 작가 추천 플레이스

금강을 바라보며 만끽하는
국밥 한그릇의 사치

상호

새이학가든

주소 : 충남 공주시 금강공원길 15-2
영업시간 : 10시 30분 – 21시 30분 (월요일 정기휴무)

새이학가든

국밥이나 곰탕하면 떠오르는 대표적인 맛집들이 있다. 하지만 난 앞서 말한 바와 같이 밥이 풀어져 있는 국밥보다는 따로국밥을 선호하는 바 깊고 진한 국물 본연의 맛을 즐길 수 있는 '새이학가든'을 추천한다. 대파와 무가 뭉그러질 정도로 오래 끓여 진한 감칠맛과 부드러운 고기의 풍미를 느낄 수 국밥으로 빨간맛의 '공주국밥' 순한맛의 '하얀국밥'을 선택할 수 있다. 70년 이상의 전통을 자랑하는 공주국밥집으로 금강을 바라보며 식사를 즐길 수 있어 눈도 입도 즐겁다.

예술가의 회식

2020년 봄,
본격적인 코로나의 확산과 함께
백조의 삶도 시작됐다.

전업작가의 길을 걷겠노라 신랑에게 선포한 후
사업자를 폐업하고 공간을 정리했다.

이따금 목구멍 너머 올라오는

불안을 꾸역꾸역 삼켜내며
작업을 이어나가고 있었다.

통장이 텅장이 되어버린 것 말고는
좋아하는 일을 한다는 것
시간적인 여유가 생긴 것 등 등
실보단 득이 많다 여겼다.

무엇보다도
같은 분야에 종사하는 사람들을 만나
아이디어를 공유하고 애로사항에 공감하며
코로나가 만들어 낸 물리적, 시간적
공백을 메꿀 수 있었다.

그들 중에서도 유독
내적 친밀감이 쌓인 친구들이 있었는데
지척에 살기도 했거니와
다양한 측면에서 공통점이 많았다.

이들과는 달에 한 번씩 만나
작업에 대한 이야기는 물론 신변 잡담을 나누며
짧은 하루를 보냈다.

어느 날,
서로의 회사생활을 반추하던 중

'회식'에 대한 이야기가 나왔다.

"사실, 직장인들이 부러운 거라곤 회식 밖에 없어."
"우리도 하자. 회식. 대신 직장인들이 못하는 회식으로."

그렇게 우리는
불안을 위안으로 포장하며
아쉬움을 달래기로 했다.

"회식은 평일에, 대낮에 해야지."

그날만큼은 한 달 열심히 모은 돈을 각출해
가격을 보지 않고 원하는 메뉴를 시켰다.

"한낮의 술자리란
가난한 예술가가 누릴 수 있는
몇 안되는 호사이자 보상 같은 거야"
라고 합리화했다.

정오에 시작된 자리는
가로등 불빛이 흐릿해질 즈음
마무리 되었다.

이튿날 아침,
어김없이 숙취에 시달리는 나를 보며

출근을 준비하던 남편은 말한다.

"요즘은 회식 그렇게까지 안 해. 그리고 왜 그 모임만 가면 그렇게
울어?"

사실 회식은 핑계고,
그냥 낮술이 마시고 싶었던 건지도 모른다.
예술가로 살고 싶은 이들의 객기일 수도 있다.
어쩌면 모른다.
그냥 울고 싶었던 것인지도.

★ 작가 추천 플레이스

힙한 감성을
느끼고 싶을 때

상호
케이브

주소 : 인천 부평구 장제로231번길 8-15, 1층
영업시간 : 매일 17시 – 24시

케이브

이들과는 한식파인 나로 인해 고기집, 회집을 주로 다니지만 특별한
날 나름 힙한 분위기의 곳도 찾는다. 그 중 다양한 퓨전 한식 요리와
전통주를 즐길 수 있는 이곳은 모던하고 깔끔한 인테리어와 이색적
인 메뉴, 화려한 플레이팅으로 사진 찍기 좋은 맛집으로도 유명하다.

가장 좋아하는 과일

"원숭이냐? 그만 좀 먹어라."

"그러다 탈날라, 쉬었다가 먹으렴."

어릴 적, 앉은 자리에서 바나나 한다발을 앞에 놓고 쉼 없이 까먹는 나를 보고 오빠는 놀려대기 바빴고, 아빠는 변비로 고생하는 딸내미 걱정하기에 바빴다. 하지만, 그 어떤 말도 타격감은 없었다. 나에겐 공식적이고 합리적인 명분이 있었기 때문이다.

"원숭이 따라 그래."

밖에서도 마찬가지였다. 친척집이든 친구집이든 바나나가 간식으로 나오면 나의 손과 입은 빛의 속도로 움직였다.

지금과 달리 과일이 몸값 제법하던 시절, 눈치없이 먹어댈 만큼 바나나를 좋아했다. 노오란 껍질을 벗겨내면 드러나는 하얀 속살은 부드럽고 달콤했고, 검은색 반점이 생길 때까지 기다리면 식감은 쫀득해지며 단맛은 배가 됐다. 잔나비띠 소녀가 바나나를 최애로 삼았던 이유는 또 있다. 과즙으로 채워진 다른 과일들처럼 먹고 나면 금세 배가 꺼지지 않아서다. 집돌이던 오빠와 달리 골목 안을 휘젓고 다니던 나의 배는 늘 공복 상태였다.

중학교에 올라가며 교복이란 것을 입게 되었다. 물려받은 것이라 그런지 치마 사이즈가 커 허리단을 몇 번 접어 입어야 했다. 여학생들 사이에선 치마단 줄이는 것이 이미 유행이었다. 다만 교문 앞을 지날 때면 다시 무릎 아래까지 내려야 했다.

남학교 여학교가 담장 하나 두고 나뉘던 그 시절, 교복치마의 허리단 접는 일은 하교시간 도시락통 챙기기만큼 중요한 일이었다. 지금껏 따라다니는 다이어트가 시작된 것도, 평생을 함께할 줄 알았던 바나나와 이별하게 된 것도 이 때 변비가 극심해진 이후부터다.

성인이 된 후 가장 좋아하는 과일이 뭐냐고 누군가 물었다. 평소 과일을 즐겨먹는 편은 아니었기에 한참을 고민하다 답했다. 이유는 단순명료했다.

"방울토마토. 편해서."

자취생활에 과일은 사치이기도 했거니와 간혹 누가 사준다 해도 냉장고에서 방치되다가 버려지기 일쑤였다. 무엇보다 수박이나 멜론, 참외처럼 껍질을 벗겨내고 먹어야 하는 것들은 손에 묻는 끈적함이 불쾌했고, 무엇보다 음식쓰레기 처리가 큰 문제였다. 이에 반해 방울토마토는 다른 과일에 비해 당도가 떨어져서인지 유통기한도 길고, 꼭지부분을 제외하면 버릴 게 하나 없다. 먹다 남으면 라면이나 찌개에 넣어먹어도 되니 활용도 높다.

이런 내 취향은 지금도 대쪽 같아서 냉장고에 과일이라곤 여전히 방울토마토 뿐이다. 나와 달리 과일을 좋아하는 오빠 부부는 제철과일을 꼬박꼬박 챙겨먹는다. 덕분에 종종 들러 상큼한 과즙을 실컷 마시고 온다. 여름이면 새언니는 튼실한 수박 한통을 먹기 좋게 잘라 보내며 말한다.

"고모, 이번 수박 정말 달아요. 근데 언제까지 이렇게 챙겨줘야 먹을 거에요."

"괜찮다니깐 왜 또 보냈어요. 저 수박 안좋아하는데…"

말이 무색하게 이틀 후면 수박은 동이 난다. 빈 통을 닦으며 자문한다.

'내가 진짜 좋아하는 과일은 뭘까?'

사실 과일 뿐만이 아닐 것이다. 그때나 지금이나 허리단을 졸라 매며 스스로를 속이고 있었던 것은.

메뉴
방울토마토
마레네이드

★ 작가 추천 레시피

껍질을 벗겨도 여전히 빨갛고
맛있는 토마토 요리

재료 : 토마토 500g, 양파 1/4개, 바질, 올리브유 4큰술, 레몬즙 1큰술,
발사믹 식초 1큰술, 꿀 1큰술, 후추

❶ 토마토는 꼭지 제거 후 흐르는 물에 세척한다

❷ 물기를 제거한 토마토 위쪽으로 1cm정도 십자모양으로 칼집을 낸다

❸ 끓는 물에 토마토를 넣고 살짝 데쳐준다

❹ 데친 토마토를 칼집 낸 부분을 잡고 껍질을 벗긴다

❺ 양파와 바질은 잘게 다져 준비한다

❻ 볼에 토마토, 다진 양파와 바질을 넣은 후 올리브유, 레몬즙, 발사믹 식
초, 꿀, 식초를 넣고 버무린다

❼ 병에 담아 냉장 보관한다.

매끄럽고 윤기가 흐르던 표면이 광택을 잃어갈 때 즈음 고민하다 만
들어본 메뉴다. 그냥 먹어도 맛있고, 샐러드에 넣거나 냉파스타 재료
로 사용해도 좋을 만큼 어떤 조합과도 환상의 케미를 선보인다. 혹은
와인에 곁들일 간단한 안주가 필요할 때 활용하면 좋은 레시피.

고향의 맛

몇 해 전, 러시아 여행을 떠났다. 목적은 단순했다. 버킷리스트에 있었던 시베리아횡단열차에 오르기 위해서였다. 다행히도(?) 코로나가 유행하기 전, 우크라이나와의 전쟁이 발발되기 전이었다. 총 9박 10일의 일정 가운데 3박4일을 기차에서 보냈다. 영화 설국열차의 현실판인 인도열차를 이미 경험했기에 기대했던 것만큼의 특별함은 없었다.

기차는 몇 시간 간격으로 20 ~ 30분씩 짧게 정차하는데 그때 매점에 들러 다음 식량을 준비해 두지 않으면 끼니를 걸러야 하는 상황이 발생할 수도 있다. 이 일은 먹고 자고를 일상으로 하는 기차여행에 있어 중요한 일과 중 하나다.

기차여행 초반에는 제대로 소통이 되지 않아 주문한 것과 다른 음식을 건네받고도 기다리는 긴 줄 때문에 그대로 돌아선 적도 있다. 그나마 맛이 있으면 다행이지만 처음 경험하는 맛에 한입 먹고 버리기 다반사였다. 생소한 맛들이 점차 익숙해질 무렵 음식을 주문하는 일도 제법 익숙해졌다. 소통이 잘 되지 않을 때에는 원하는 메뉴 사진을 찍어 보여주면 일사천리다.

며칠 간 지켜본 바 기차에서 인기있는 메뉴 중 하나가 우리나라 라면이었다. 러시아에서 '도시락라면'이 유명하다는 것은 익히 들었지만, 러시아인의 마음을 사로잡은 것은 이뿐만이 아녔다. 다음 역 매점에 들러 맛있는 커피를 추천해달라고 했더니 레쓰비를 떡하니 내놓는다. 광활한 러시아를 평정한 우리나라 커피의 위상을 체감한 순간.

"야 이스 까레이, 까레이 커피."

우리나라 커피라고 자랑하듯 말했더니 매점 직원은 멋쩍은 웃음을 지었다.

긴 일정으로 외국을 나갈 땐 컵라면과 믹스커피를 꼭 챙긴다. 일종의 비상식량과도 같다. 현지식이 입맛에 맞지 않거나 늦은 밤 술 한잔 하고 싶을 때 컵라면만 한 게 없다. 뜨거운 물을 부어 먹으면 소주 안주로 제격이고 잘게 부셔 스프를 반만 넣고 섞은 후 스낵으로 즐기면 맥주 안주로 좋다. 더불어 평소 마시지 않는 달달한 커피는 때론 피로를 풀어주고 낯선 여행지에서 이따금 밀려오는 향수를 재워준다. 외국인 친구들에게 선물로도 인기만점이다.

다시다가 '고향의 맛'이라던 시절은 지났다.

★ 작가 추천 플레이스

고향의 맛은
뭐니뭐니 해도 '김치찌개'

상호

오모리찌개

주소 : 서울 송파구 송파대로 471
영업시간 : 매일 00시 – 24시

오모리찌개

내게 '고향의 맛' 하면 떠오르는 대표음식은 바로 '김치찌개'. 외국여
행에서 돌아오면 처음으로 찾게 되는 음식이다. 허나 평상시 밖에서
내돈내먹 하지 않는 음식 중 하나도 바로 '김치찌개'다. 잘 익은 김치
에 돼지고기 쑹덩쑹덩 썰어 넣은 찌개 맛은 어딜 가도 비슷하게 느껴
진다. 허나 이곳의 찌개는 기름지고 자극적인 김치찌개와 달리 묵은
지의 시큼하고 쿰쿰한 맛과 돼지고기의 감칠맛이 은은하게 느껴지는
게 매력이다. 더불어 이곳을 추천하는 이유는 대학시절 충무로에 필
름을 맡기고 허기진 배를 달래기 위해 즐겨 찾았던, 그 시절 추억의
맛이 서려 있기 때문이다.

러시아 집밥

게스트 하우스 주인장 나탈리아는 영어를 거의 하지 못해 번역기를 통해 의사소통을 했다. 가끔씩 오역되는 부분은 역시 눈짓과 손짓으로 해결했다. 나탈리아에게 알혼섬 투어 예약과 아침, 저녁식사를 부탁했다. 짐을 풀고 식당으로 와보니 푸짐한 한상이 차려져 있었다. 러시아에 도착해 제대로 된 첫 식사였다.

메뉴는 소고기와 야채로 소를 가득 채운 러시아식 만두 포지와 쌀, 감자, 당근을 넣어 끓인 스프 그리고 함께 곁들일 샐러드와 디저트였다. 뜨근한 스프는 성난 위장을 달래주었고 당근과 양배추를 넣어 만든 샐러드는 입맛을 돋아주었다. 나탈리아가 알려준 대로 샤워크림을 포지 가운데 부어서 먹으니 입 안에 넣자마자 사르르 녹아 사라졌다.

그녀가 만들어준 러시아 가정식은 꽤 오랜 시간이 흘렀지만 아직도 잊을 수 없다. 테이블을 가득 채운 음식들은 맛과 정이 넘쳐흘렀다. 지치고 고단했을 여행자들에게 엄마의 마음으로 차려준 따뜻한 한끼였다. 엄마의 집밥을 경험해 본 적 없는 나로선 시베리아횡단열차보다 더 강렬한 감동과 여운으로 남았다.

한창 식사를 이어가던 중 나탈리아가 그녀의 보물고처럼 보이는 찬장으로 다가가더니 무언가를 가슴에 품고 왔다. 꺼내 온 것은 술병이었는데 솔방울로 직접 담근 50도의 보드카라고 했다. 식당 안을 돌며 사람들에게 한 잔씩 따라주었다. 종종 보드카를 마시지만, 수제 보드카는 처음이기에 잔뜩 기대를 품고 한 모금 들이켰다. 짜릿한 기운이 식도를 타고 흘러 여행의 긴장도 러시아의 한파도 단숨에 녹아내리는 듯 했다. 나탈리아는 몇 잔을 더 권하며 건배사를 알려줬다.

"다바이!"

옆 테이블에서 한 사람이 외쳤다.

"오친 하라쇼!"

'아주 좋다'라는 뜻의 표현이다. 이곳에 온 지 일주일 되었다는 그는 '오친 하라쇼'라는 말 하나만 알아도 러시아여행 하는 데 큰 어려움이 없을 거라 했다. 다함께 '다바이'를 세 번 더 외친 후 자리를 마무리했다.

식사 후 커피를 마시는 동안 나탈리아는 최근 태어난 손주라며 사진을 보여주었다. 딸 아들과 여섯 명의 손자를 둔 그녀는 올해 60세(이야기를 듣기 전까지 40대 후반 정도인 줄 알았다)라 했다. 동안의 비결을 물으니 그녀는 주저없이 바로 "알혼"이라 답했다. 단박에 이해가 갔다. 맑은 공기, 깨끗한 물, 적당한 노동, 스트레스 없이 소박하게 살아가는 삶, 그게 바로 젊게 그리고 건강하게 사는 비법이다. 한겨울의 알혼 그리고 바이칼 호수를 담아가는 것. 러시아에 온 두 번째 이유였다.

이따금 러시아 여행이 떠오르는 이유가 당분간 갈 수 없기에 혹은 알혼섬의 매혹적인 설경을 다시 보고싶어서 때문인지 모르겠다. 다만, 러시아를 다시 갈 수 있게 된다면 나탈리아의 작은 오두막에 들러 그녀가 내어주는 따뜻한 집밥과 보드카를 다시 먹고 싶다.

★ 작가 추천 레시피

메뉴
샤슬릭

보드카가 땡기는 날,
이색적인 바베큐와 함께

재료 : 양고기 또는 돼지고기, 파프리카, 양파, 토마토, 소금,
후추, 향신료, 레몬즙

❶ 고기를 먹기 좋은 크기로 자르고, 채소도 같은 크기로 손질한다

❷ 고기에 소금, 후추, 향신료(쯔란, 큐민 등), 레몬즙을 뿌린 후 갈은 양파를
부어 하루 숙성한다

❸ 꼬치에 고기, 채소 등을 꽂는다(고기끼리 채소끼리 끼우는 게 익히기 좋다)

❹ 숯불(약불)에 꼬치를 올려 굽는다

127

보드카와 잘 어울리는 음식으로는 러시아 대표 메뉴 중 하나인 샤
슬릭이다. '샤슬릭'은 우리말로 '꼬치에 꿴'이란 뜻으로 양고기, 닭고
기, 칠면조 등 다양한 육류를 양념해 구운 바베큐 요리다. 숯불에서
구워야 제맛이며 약불에서 오래 익히는 것이 관건으로 캠핑장에서
하기 좋다. 성질 급한 사람은 못하는 요리.

인도 수제비

인도에 다녀온 후 만나는 사람들마다의 표정엔 뭔가 아쉬움이 깃들어 있었다.

"왜 이렇게 살이 쪘어? 인도 음식 잘 맞았어?"

그렇다. 난 그들의 기대에 부응하지 못했다. 50일 간 제대로 먹지도, 쉬지도 못하여 꽤 수척해진 모습을 상상했을 터인데 되려 토실해져서 돌아왔으니 말이다.

초반의 물갈이를 겪은 후 현지에 완벽 적응하였다. 늘어난 체중에 크게 기여한 음식들이 있는데, 짜이와 더불어 인도에서 커리보다 더 많이 먹었던 메뉴가 있다.

작렬하는 태양을 마주해야 했던 서인도를 거쳐 여행 중반 즈음 만년설을 볼 수 있는 북인도로 향했다. 히말라야 산맥을 품은 맥그로드 간즈(이하 '맥간')가 목적지였다. 인도 속 작은 티벳이라 불리는 이곳은 달라이 라마가 티벳 망명 정부를 세운 곳으로 인도인보다는 티벳인과 티벳의 문화가 더 많은 곳이다. 내가 찾은 겨울철은 비수기로 가게들도 절반 이상 문을 닫아 거리에 여행자도 없었다. 머무르는 대부분의 기간 강풍을 동반한 비가 내렸고, 하루에도 몇 번씩 정전이 되었다.

이러한 날씨에 뜨끈한 국물 생각이 간절한 것은 한국인이라면 대부분 공감할 것이다. 맛집 찾는 게 무슨 소용이랴. 문 연 곳을 찾는 것이 우선이다. 식당에 들어가 메뉴판을 받고 주변을 둘러보니, 인기메뉴가 무엇인지 단박에 알 수 있었다. '뗌뚝'.

사실 맥간 오는 길에 들렀던 마날리에서 먼저 접했는데, 먹는 순간 '이게 인도 음식이라고?!'하며 감탄을 금치 못했다. 진한 채수에 쫄깃한 밀가루 반죽과 감자, 당근, 시금치 등 푸짐한 채소 고명과 달걀지단이 수북이 올려진, 우리나라 '수제비'와 맛도 모양도 상당히 닮았다(칼국수와 비슷한 '뚝바'라는 메뉴도 있다).

뭉근히 익은 채소와 쫄깃한 반죽을 입에 넣고 오물오물 씹은 후 국물을 호로록 마시면 하루의 피로가 싹 다 날아가는 듯 하다. 숟가락질 몇 번이면 금세 바닥이 드러난다. 몰랐다. 내가 수제비를 이렇게까지 좋아하는 줄은. '인도를 떠나기 전까지 하루 한끼는 무조건 이거다.'

여행의 성패를 좌우하는 것 중 하나가 바로 '먹는 일'이다. 고기가 없어도 입맛에 맞으면 만족스러운 한끼가 되고, 그런 순간들이 이어질수록 풍족한 여행이 된다.

뗌뚝.

투박한 이름의 그 음식은 여행 중 스스로에게 선사한 소소한 행복
이었는지도 모른다.

★ 작가 추천 플레이스

나만 알고 싶은
시크릿 맛집

상호
너구리의 피난처

주소 : 충남 금산군 금성면 적우실길 28
영업시간 : 11시30분 – 19시30분 (일요일 정기휴무)

너구리의 피난처

진득하고 개운한 국물맛이 일품인 '해물수제비'가 이곳의 대표 메뉴다. 바지락과 오만둥이를 푸짐하게 넣고 끓여 육수가 깊고 시원하며, 쫀득한 식감의 수제비 반죽 또한 일품이다. 철판에 바삭하게 구워낸 해물파전도 같이 곁들이면 좋다. 시골 밥집 같은 따뜻함과 정겨움이 있는 곳.

물갈이엔 미역국

어느해 겨울, 인도로 떠났다. 나름 여행의 고수라 자부하며 만반의 준비를 했다고 여겼지만, 이튿날부터 호갱으로 등극하며 혹독한 신고식을 치렀다. 이후에도 예상치 못한 여러 상황과 마주하며 여행의 묘미를 만끽했다. 그 중 가장 기억에 남는 순간을 꼽으라면 그때다.

여행의 첫 행선지 바라나시. 인도인이 신성시하는 갠지스강이 흐르는 곳으로 인도의 심장과도 같은 도시다. 길게 이어진 강가를 따라가다 보면 아침 저녁 강에 몸을 담그고 기도를 올리는 인도인들을 볼 수 있다. 낮에는 수영을 하기도 하고 빨래를 하는 이들도 있다. 다른 한쪽에서는 시신을 화장한 후 재를 강에 흘려 보낸다. 삶과 죽음이 공존하는 순간을 목도할 수 있는 신비한 곳.

바라나시에서는 3일을 머물렀는데 최대한 현지식을 먹고자 했다. 주로 차파티와 커리 또는 탈리를 먹었고, 이따금 거리에서 파는 간식도 사먹었다. 배낭 깊숙이 모셔 둔 라면과 통조림들을 꺼내지 않는 스스로를 대견해 하며 잘 적응하고 있다고 여겼다.

문제는 바라나시를 떠나는 날 생겼다. 타즈마할을 보기 위해 아그라행 기차에 오른 지 삼십 분쯤 지나 식은땀이 등줄기를 타고 흐르기 시작했다. 갑자기 속이 매스껍더니 구토 증상으로 이어졌다. 이후, 발열 오한이 반복됐다. 드디어 올 것이 왔다고 직감했다. 물갈이.

인도에 오기 전 훑어본 후기들 중 많이 언급됐던 물갈이 증상이다. 내가 먹은 모든 음식들이 갠지스 강물로 만들어졌을 것이란 생각이 들었다. 개, 양, 소 등 강가 주변 동물들의 배설물도 강으로 흘러가는 것을 보았더랬다. 지난 며칠 아무 이상이 없길래 내 위장이 튼튼하다 오만했다. 준비해 온 약들을 먹었지만 아그라에 도착해서도 어지럼증과 오한이 이어졌다. 타즈마할은 보는 둥 마는 둥 하고 식사도 거른 채 숙소에 들어와 잠만 잤다. 준비해 온 약이 들지 않는 것을 알고는 주변 약국을 찾아 간밤에 검색됐던 약을 샀다. 기진맥진한 상태로 다음 도시, 자이살메르로 향했다.

숙소에 도착해 조심스레 토스트 한 쪽을 먹었다가 바로 게워냈다. 한참을 누워있다 일어나니 저녁이었다. 허기가 밀려왔다. 숙소 주인장에게 추천받은 한식집을 찾았다. 비빔밥, 수제비, 미역국, 김치찌개라고 적혀 있는 메뉴판을 보는데 눈물이 날 것만 같았다. 주문한 미역국이 뚝배기에 담겨 나왔다. 그릇 바닥이 보일 때까지 위장에선 아무런 신호가 없었다. 물갈이가 끝났다는 신호였다. 새삼스레 생각했다.

'세상에! 미역국이 이렇게 맛있는 음식이었다니!'

이후 더 이상의 물갈이는 없었다.

P.S.

인도여행 계획하는 분들께

물갈이엔 약도 소용없어요.

'미역국' 적극 추천드립니다.

134

* 차파티 : 밀가루에 보리, 콩 등을 넣어 반죽을 만든 후 돌이나 철판에 납작하게 구운 빵

* 탈리 : 인도식 백반

★ 작가 추천 플레이스

그럼에도
'인도의 맛'이 그리울 때

상호

김중배레스토랑

주소 : 인천 중구 신포로23번길4, 2층
영업시간 : 매일 10시 – 22시

몇 해 전 새로 사귄 친구의 집에 초대를 받았다. 그는 내가 인도에 다녀온 것을 알고는 동거인에게 커리를 부탁했다. 한 술을 뜨자마자 두 눈이 번쩍 뜨였다. 뉴델리에서 먹었던 '버터치킨커리' 그 맛 그대로였다. 그의 동거인은 네팔, 아부다비, 폴란드 등 전세계 레스토랑에서 활동하던 오랜 경력의 셰프였다. 현재 그가 운영하는 레스토랑에서는 인도음식 외에도 전세계 다양한 음식을 코스로 즐길 수 있다.

메뉴에 없는 메뉴

메뉴에 없는 메뉴

"언니는 가장 맛있는 찌개가 뭐에요."

동생이 물었다. 국물요리라면 가리는 게 없어서 평소라면 고민했을 법한 질문이었지만, 이날은 망설임없이 답할 수 있었다.

며칠 전 동네 식당에 갔다. 이곳에 이사 온 첫날 방문한 곳으로 주인장 홀로 운영하는 가게다. 메뉴는 단출하다. 냉동삼겹살, 대패삼겹살, 된장찌개. 고기맛은 물론 소주값도 저렴하고, 무엇보다 주인장의 푸근한 인상과 구수한 말씨가 마음에 드는 곳이다. 다 먹고 나설 때면 주방과 홀을 동분서주하는 주인장을 보곤 종종 아이스커피를 사다주곤

했다. 냉삼이 땡기는 날이나 지인들이 놀러와 단골집이 어디냐 물으면 이곳을 찾았다.

어느 날 손님이 모두 떠나간 시간이었다. 주인장이 불 앞에서 뻘뻘 땀을 흘리며 무언가를 만들고 있었다. 자리를 정리하고 나서려는데 주방에서 황급히 뛰어나와 양손에 무언가를 쥐어주었다.

"김치 꽁지랑 이것저것 남은 재료 넣고 끓여봤어. 들어간 건 별로 없지만 맛있게 먹어."

메뉴에도 없는 메뉴, 김치찌개였다. 이튿날 포장을 뜯고 보니 그의 말과 달리 고기며 김치며 푸짐히 들었다. 냄비에 옮겨 담아 가스불에 올렸다. 칼칼한 찌개 냄새는 인내를 무너뜨리고 팔팔 끓는 냄비 속으로 숟가락을 돌진하게 만든다. 첫 맛은 달고 끝 맛은 짜다. 아무래도 맛있는 맛을 내는 것은 죄다 넣은 것 같았다. 맹물을 한사발 붓고 한소끔 더 끓여 밥과 함께 먹었다. 모든 땀구멍과 함께 침샘도 눈물샘도 개방되기 시작했다. 매워서도 짜서도 전날 숙취 때문도 아니었다. 뜨겁고 묵직한 무언가가 가슴에 내려앉았다.

태어나서 처음 받아본 찌개 선물. 누군가를 위해 음식을 해본 사람들은 알 것이다. 그 안에 어떠한 것이 담겼는지, 그 특별한 비법재료를 말이다. 메뉴에 없는 메뉴는 '감동의 맛' 그 자체였다.

★ 작가 추천 플레이스

맛은 기본, 친근한 인상과 후한 서비스로
가성비는 물론 가심비까지 잡은 청라 맛집

상호

청라냉삼

주소 : 인천 서구 청라에메랄드로76번길 7 108호
영업시간 : 매일 17시 – 22시 (일요일 정기휴무)

청라냉삼

인심 좋은 주인장이 홀로 운영하는 곳으로 한 번도 안 가본 사람은
있어도 한 번만 가본 사람은 없다는, 나만 알고 싶은 찐 맛집. 고수
느낌 물씬 풍기는 주인장은 사실 일본 유학파 면 요리 전문가이니,
냉면도 꼭 먹어보기를 강추한다.

무한리필 김치우동

대학시절 자주 가던 학교 앞 술집이 있었다. 닭고기, 돼지고기, 은행 등 다양한 재료에 양념을 바른 후 숯불에 구워주는 꼬치구이 전문점이었다. 낱개 주문도 가능했고, 종류별로 맛볼 수 있는 세트메뉴도 있었다. 하지만, 꼬치구이는 주머니 사정이 넉넉한 날에나 시킬 수 있는 스페셜 메뉴였고, 자주 찾는 안주는 따로 있었다.

뚝배기 바닥에 두툼한 우동면을 깔고
잘게 썬 김치와 어묵을 넣은 후 칼칼한 김치국물과 육수를 넣고 바글바글 끓여낸
고명으로 바삭한 튀김가루와 쑥갓 그리고 채 썬 홍고추 몇개를 올려 마무리한
가난한 대학생들에게 식사이자 안주였던 '김치우동'

얼큰한 냄새가 코 끝을 자극하면 성질 급한 친구는 소주 한 잔을 들이키고는 여전히 끓고 있는 뚝배기 사발에 숟가락을 담근다.
"앗 뜨거!!!"

입 천장 데었다고 호들갑 떠는 친구를 보며 매번 있는 일이라 놀라워 하지도 않는다. 소주 몇 병을 비우니 그릇엔 국물만 자박하다. 용기가 필요한 타이밍이다. 목소리 큰 친구에게 조그맣게 사주한다.

"리필해 달라고 해."

무뚝뚝해 보이던 주인장은 인상과 달리 바닥을 보이려던 그릇에 어묵이며 김치도 더 넣어주었다. 그렇게 한 병 두 병을 더 비워가는 동안 김치우동은 우리 곁을 아니 우리 속을 지켜냈다.

지금도 같은 상호의 가게 앞을 지날 때면 그 시절이 떠오르곤 한다. 뚝배기에 무한으로 정을 채워주던 주인장과 김치우동 하나를 두고 잔을 부딪히며 예술을 논하던 그 시절을. 주머니는 가벼웠지만 열정만큼은 만수르 못지 않던 이십대의 그 시절을.

이따금 마음이 가난해지는 날. 그런 날에는 김치우동도, 추억도 무한 리필되는 저마다의 충전소를 찾게 되기를….

★ 작가 추천 플레이스

붉은 조명 아래
옛 추억에 잠기고 싶다면

상호
투다리 가좌2점

주소 : 인천 서구 장고개로 272
영업시간 : 매일 15시 – 03시

투다리 가좌2점

미친 듯 취하고 싶은 날 가면 좋은 곳. 붉은 조명 아래선 모두가 잘 생기고 예뻐 보인다. 만취해서 가도 환하게 맞아주는 친절한 주인장 이 있다. 이것저것 시켜도 부담 없는 가격으로 1차로도 2차로도 좋다. 단, 예나 지금이나 투다리에 가면 '김치우동'은 국룰.

잔반 없는 날

지난 몇 년 간 보육원에 급식봉사를 나가고 있다. 다양한 메뉴를 준비해 본 바 인기 메뉴는 정해져 있다는 사실을 알았다. 이를 확인 할 수 있는 가장 좋은 방법은 바로 잔반이다. 장사하는 사람은 아니지만 급식봉사를 시작하며 잔반 확인은 음식을 만드는 사람에게 꼭 필요한 과정이라 여겨졌다.

잔반이 많은 날은 메뉴 구성이나 조리 과정에 문제가 있는 것인데, 대부분의 경우 전자에 해당한다는 것을 다년의 경험을 통해 깨달았다. 나름 영양소와 칼로리를 따져가며 만들었던 한식보다 아이들에게 사랑받는 메뉴는 단연 '분식'이었다.

이토록 분식을 좋아하는 이유가 무엇일까. 저렴한 가격? 불량스러운 맛? 아마도 분식에는 양식이나 중식 또는 일식에는 없는 특별한 것이 가미되었단 생각이 들었다. 학교 앞에서 분식점을 운영하는 주인장 대부분은 수십 년의 경력을 보유했다. 거기에 돈을 주고 의학기술의 힘을 빌려서도 만들 수 없는 푸근하고 인자한 인상을 가졌다. 그런 이들이 접시 한가득 내어주는 떡볶이에는 아이들을 사랑하는 마음, 요즘 세상에 쉬이 느끼기 힘든 '인심'이란 게 담겨있다. 수십 년간 다져진 손맛과 미소로 베어진 주름, 거기에 넉넉한 인심까지. 아이들 앞에선 별 3개 미슐랭 맛집도 학교 앞 분식을 이길 수가 없다. 그 맛이 그리워 성인이 되어서도 찾는 것을 보면 말이다(지난 주말, 학창시절 신발이 닳도록 드나들었던 분식집에 다녀왔다).

144

이번 급식에는 분식 삼대장 김밥, 떡볶이, 튀김을 필두로 최근 남녀노소 할 것 없이 사랑받는 소떡소떡과 치킨팝콘을 추가했다. 고소한 참기름 냄새 때문인지 달큰한 떡볶이 냄새 때문인지 운동장에서 뛰어놀던 아이 하나가 주방 문을 조심스레 열고 들어왔다. 그리곤 준비된 음식들을 잽싸게 스캔 후 달려나가 아이들을 향해 외친다.

"애들아 김밥이랑 떡볶이야."

점심시간이 되기도 전부터, 아이들이 하나 둘 식당으로 모여들었다. 늘어선 줄을 보며 마치 대박집 사장이라도 된 듯 신이 났다.

"김밥은 이게 제일 맛있어" 하며 꼬투리만 집어가는 아이,

"떡보다 오뎅 많이 주세요" 오뎅파인 아이,

"소스 많이 뿌려주세요" 자극적인 맛을 좋아하는 아이

제각각 요청사항 대로 배식을 마쳤고, 예상대로 잔반은 없었다. 나

가면서 엄지척해주는 아이들을 보며 모두 웃음이 터졌다.

"오늘도 역시 완판이야, 우리 분식집 차릴까?"

무모한 자신감이 불러온 자만. 한바탕 웃고 설거지까지 마치니 허기가 밀려왔다. 남은 음식이라곤 터진 김밥 꼬투리 뿐이었지만 몇 개 집어 먹으니 금세 배가 불렀다. 잔반 없는 날은 그렇게 모두가 배부르고 행복한 날이었다.

정리를 마치고 그곳을 나서려는데, 한 아이가 달려와 말했다.

"다음 번엔 로제 떡볶이 만들어주세요."

★ 작가 추천 플레이스

떡볶이로 세수하고 싶은 날
가기 좋은 곳

상호
신신분식

주소 : 인천 중구 자유공원로27번길 1
영업시간 : 매일 11시 – 15시 (화요일 정기휴무)

신신분식

가성비를 떠나 갓성비로 불리는 분식집.
인천에는 오랜 세월동안 변치 않는 양과 맛으로 사랑받는 분식점들
이 많다. 그중에서도 세숫대야 떡볶이로 유명한 이곳은 필자가 고등
학교 시절 가장 많이 찾았던 곳이다. 개인적으로 고추장떡볶이보다
짜장떡볶이를 더 맛있게 먹었다. 대식가들에게는 돈까스도 강추. 나
오는 순간 비주얼과 양에 한 번, 가격에 한 번, 맛에 다시 한 번. "뜨
헉" 소리가 쉬지 않고 나올 것이다.

국수 vs 라면

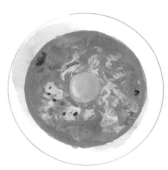

어릴 적 주말 특식으로 아빠는 종종 국수를 삶아주었다. 그의 국수
는 유독 국물이 진득하고 간은 슴슴했다. 어렴풋하지만 그의 조리 과
정을 복기해보면 이렇다. 커다란 양은냄비에 갖은 채소를 넣고 간장, 소
금 등으로 밑 간을 한 후 국물이 팔팔 끓어오르면 소면을 넣고 더 끓
이다 계란을 풀고 파를 넣어 마무리했다. 그리곤 오늘날 '스테인리스'라
부르는 '스뎅' 대접에 한가득 담아냈다. 당시 아빠의 국수가 맛이 없었
던 이유는 훗날 알게 되었다. 국수 맛집이라고 불리는 곳들을 다녀 본
바 그의 레시피에 빠진 것이 있다는 것을. 나름 정리해본 바 일반적인

잔치국수 만드는 과정은 다음과 같다.

❶ 멸치, 고기 등으로 육수를 낸다

❷ 버섯, 고기, 달걀 등의 고명을 만든다

❸ 면을 삶아 찬물에 헹군다

❹ 삶은 면을 육수로 토렴한다

❺ 면을 그릇에 담고 육수를 부은 후 고명을 올린다

❻ 간은 별도의 다대기나 소금으로 한다

가스불을 켤 수 있을 정도의 나이가 되었을 때부턴 아빠가 국수를 삶겠다 하면 나는 라면을 먹겠다 했다. 일단 시간의 효율을 따졌을 때 국수를 먹으려면 족히 10분은 걸렸지만 라면은 3분이면 되었기 때문이었다. 슴슴한 국수보단 강렬하고 자극적인 라면의 맛이 매력적으로 느껴졌다. 그렇게 밥상은 흰 국물과 빨간 국물로 분단되었다. 돌아보면 라면은 반항의 시발점이었을지도 모른다. 가족과 함께하는 식사 시간은 점차 줄었고, 아빠의 국수 또한 기억에서 사라져갔다.

결혼 후 남편과 종종 대립하는 일이 생기곤 하는데, 주말 점심 메뉴를 두고서다. 그는 강경 라면파이고 나는 강경 국수파이기 때문이다. 육수를 내고 고명을 만들고 국수를 삶는 과정과 시간이 비효율적이라 여기는 남편은 '간편하고 게다가 맛까지 있는' 라면을 먹자고 조른다.

"라면은 무슨 라면이야. 국수가 얼마나 건강하고 맛있는 음식인데."

이렇게 말하는 스스로를 보며 문득 생각한다.

'어릴 적 아빠의 마음도 이랬겠지.'

자조와 함께 두 손을 들며 말한다.

"그래 졌다. 먹자 먹어 라면."

Recommended place

★ 작가 추천 플레이스

늦은 밤 야식 혹은
해장이 필요할 때

상호
할매국수

주소 : 인천 부평구 마장로 477
영업시간 : 매일 11시 – 07시 (일요일 정기휴무)

할매국수

저렴한 가격과 푸짐한 양에 노포의 감성까지 한 스푼 더해진 맛집.
국수 먹으러 갔다가 쑥갓과 유부가 듬뿍 올려진 우동에 더 반했다
는 건 비밀. 깊게 우린 육수의 감칠맛과 시원함이 느껴지는 잔치국
수와 우동은 해장으로도 제격이다. 참기름 냄새 솔솔 풍기는 김밥의
유혹 역시 막강하다.

주전자 미역국

누군가 물었다.

"당신이 먹어본 가장 따뜻한 한 끼는 무엇인가요?"

어릴 적 온 가족이 함께 먹은 밥이라든지 처음 호텔에서 먹었던 스테이크나 비싼 랍스터도 뇌리를 스치고 지나갔지만 가장 선명하게 떠오른 기억은 스물여섯 생일에 먹은 미역국이었다.

살아가는 것이 버겁기만 하던 어느 여름, 친구들은 집에만 있던 나를 꺼내 낯선 섬으로 데려갔다. 숙취로 고생하던 아침, 고소한 기름냄새에 눈을 떴다.

"이거 무슨 냄새야? 너희 뭐하고 있어?"

친구들이 방 한구석에서 내 생일상을 준비 중이었다. 요알못인 그들은 주전자에 맹물을 붓고 마른 미역을 푼 후 마법이 일어나길 기대하고 있었다.

"생일 축하해. 맛있게 먹어."

민박집 사장님께 빌린 대접에 미역국을 한가득 담아주었다. 주전자 주둥이로 흘러나오는 미역을 보며 한참을 웃었다. 이마에 송글송글 땀이 맺힌 채 헤벌쭉 웃는 그들을 보니 눈 앞이 흐려졌다. 땀인냥 급히 쓱 닦아낸 후 대접을 들이켰다.

처음이었다.
그토록 맛없는 미역국도
눈물나는 미역국도.

★ 작가 추천 레시피

메뉴
보말미역국

제주 보양식
'보말미역국' 집에서 뚝딱!

재료 : 미역 20g, 보말 200g, 들기름 2큰술, 국간장 2큰술,
참치액젓 1큰술 또는 소금 약간

❶ 건미역을 물에 30분간 불린다

❷ 보말을 깨끗이 손질한 후 살과 내장을 분리한다

❸ 보말 살은 잘게 다지고, 내장은 믹서기에 간다

❹ 냄비에 들기름 2큰술을 넣은 후 다진 보말과 내장을 넣고 중불에서 볶는다

❺ 고소한 냄새가 올라오면, 불린 미역과 국간장 2큰술을 넣고 볶는다

❻ 물을 넣은 후 강불로 끓인다 (이때 간은 참치액젓이나 소금으로 한다)

❼ 팔팔 끓기 시작하면 중불로 바꿔 30분간 뭉근히 끓인다 (오래 끓일수록 맛있다)

미역국 하면 보편적으로 소고기미역국을 떠올리지만 낙지, 조개, 가
자미, 성게 등 지역마다 미역국에 들어가는 재료는 다르다. 가장 맛있
게 먹었던 것은 제주에서 먹은 '보말미역국'이다. 짙은 바다향이 베어
있는 녹진하고 고소한 국물 맛이 일품인 '보말미역국' 한그릇은 여느
보양식 못지 않다. 이따금 제주가 그리울 때면 만들어 먹는 음식으
로 신혼 초 남편에게 엄지척 받은 메뉴 중 하나.

호랑이할머니와 쑥개떡

　새로운 계절이 찾아올 때면 저마다 떠오르는 향기가 있다. 여름에는 짠 내 그득한 바다향이, 가을에는 시큼텁텁한 낙엽향이, 겨울에는 달큰한 군고구마향이 생각난다. 봄 하면 대부분 꽃향기를 떠올릴 테지만 내게 그 계절을 알리는 쑥 향기다. 쑥 향기가 지천으로 짙게 퍼질 무렵이면 어느 겨울, 동굴 밖으로 나간 할머니가 다시 돌아올 것만 같다.

　그에 대한 얼마 남지 않은 희미한 기억 가운데 선명히 떠오르는 기억 하나는 내가 그를 아주 무서워했다는 것이다. 본디 말수가 적고 무뚝뚝한 성격이었거니와 일찍이 남편을 여의고 육남매를 홀로 키운 그의 얼굴에 미소가 사라진 것은 아마도 내가 태어나기 전부터였을 것이다.

어린 마음에 매사 엄근진한 그의 얼굴을 똑바로 쳐다보지 못했을 뿐더러 이따금 내 이름이 불릴 때면 특별한 잘못 없이도 괜스레 위축되기도 했다. 내가 잠시나마 집 안을 휘젓고 다닐 수 있었던 순간은 그가 동굴같이 어두운 그의 작은방으로 들어갔을 때였다. 묵직한 가죽을 벗어낸 듯 거친 숨을 내몰아쉬며 잠든 그의 뒷모습은 나에게 묘한 평안을 주었다.

매년 나에겐 그런 안식의 순간이 길게 찾아오는 시기가 있었다. 바로, 봄이었다. 부드럽고 따사로운 낮의 햇살이 지천을 연두빛으로 물들일 때, 그는 들로 산으로 쑥을 캐러 다녔다. 사실 그가 없는 집이 나에겐 봄이었다. 그런 내 마음도 모른 냥 한가득 캐온 쑥을 삶는 그의 얼굴은 생기가 넘쳤고, 거친 손 마디마디로 손질한 쑥이 먹음직스럽게 익어가는 것을 보며 흐뭇해했다. 나는 집 안에 은은히 퍼지는 향기를 맡으며 그토록 좋아하는 음식을 곧 맛볼 수 있을 거라는 기대감에 어깨를 들썩였다. 봄에만 배불리 먹을 수 있는 음식, '쑥개떡'.

잘 다듬은 쑥을 곱게 빻은 맵쌀가루와 약간의 소금을 넣어 반죽한 후 손바닥만한 크기로 둥글고 납작하게 빚어 만든 떡. 형태 없이 대충 만든 것처럼 못생겼다 하여 '개떡'이라고도 불렸다. 김이 모락모락 서린 찜기에서 갓 꺼낸 것을 그냥 먹어도 맛있지만, 그는 일일이 참기름을 발라주었다. 음식을 먹을 때마다 흘리거나 묻히고 먹어 평소 핀잔을 많이 들었지만, 쑥개떡 먹을 때 만큼은 열 손가락 모두 기름칠 범벅이 허용됐다. 집 안에 퍼지는 고소한 향기는 가족 모두를 말랑하게 만들었는지 모른다.

쑥개떡이 좋은 이유는 또 있었다. 맛도 맛이지만, 눈치 보지 않고 많이 먹을 수 있기 때문이었다. 그는 쑥개떡을 만들 때마다 한 솥 가득 만들었지만 정작 본인은 먹지 않았다. 가족 모두 배불리 먹은 것을 본 후 소쿠리에 담아 이웃에도 나눠주었다. 쑥개떡은 지금처럼 먹을 것이 많지 않던 그 시절 최고의 간식이자 나눌 수 있는 마음이었다. 그렇게 봄마다 온 집 안은 저마다의 이유로 행복했다.

여덟살이 되던 해 함박눈이 내리던 어느 날이었다. 그는 동굴 밖을 나섰다. 단군신화의 호랑이처럼 쑥을 먹지 않아서일까? 그는 돌아오지 않았다. 오직 꿈에서만 만날 수 있었다. 지금도 쑥개떡을 볼 때면 늘 호랑이 같던 할머니 표정에 미소가 서리던 그 봄들이 떠오른다. 그는 떠나고 없지만 그가 남기고 간 봄의 향기는 평생 잊지 못할 것이다.

★ 작가 추천 플레이스

50년 전통의
쑥개떡을 맛보고 싶다면?

상호

한천떡집

주소 : 제주도 제주시 관덕로3길 5
영업시간 : 매일 05시 - 18시

한천떡집

2대에 걸쳐 운영 중인 제주 대표 떡집으로 지역민 뿐만 아니라 관광
객들에게도 꾸준히 사랑받는 곳으로 육지에서
택배 주문도 가능하다.
제주에서 직접 채취한 쑥으로 만든 쑥개떡 외에도 쑥인절미, 오메기
떡 등에서 진한 쑥향을 느낄 수 있다.

선생님과 민어회

그를 다시 만나기까지 애초 계획했던 것보다 오랜 시간이 걸렸다. 나름 무엇이라도 된 후에 찾아야겠다는 쓸모 없는 생각이 만남을 지체하였다. 결국 그 무엇은 되지 못한 채 마흔의 문턱을 넘기고서야 용기를 냈다.

해후의 장소는 모교 근처의 참치집이었다. 가게에 들어서자 칼바람에 목도리로 꽁꽁 싸맸던 얼굴이 화르륵 녹아내렸다. 주섬주섬 챙겨온 짐들을 정리하고 자세를 몇 번쯤 고쳐 앉았을 때 차임벨 소리가 울렸다. 입구로 고개를 돌리자 노년의 신사가 어깨 위 눈을 털어내고 있었다. 낯선 듯 낯익은. 단박에 그를 알아 볼 수 있었다. 싸리눈이 뒤덮인 그의 희끗해진 머리칼을 보면서 25년의 세월이 흘렀음을 다시금 깨달았다.

"선생님!"

"얼굴도 목소리도 그대로구나. 그동안 어떻게 살았니"

홍조빛으로 물든 나의 얼굴을 바라보는 그의 표정에는 반가움, 놀라움 그리고 대견함이 실려 있었다.

옅은 기억들이 선명해지기 시작했다. 무엇이 되었건 되지 않았건 그에게 나는 여전히 단발머리 소녀였고, 나에게 그는 미술을 사랑하던 그 시절의 우상과도 같은 존재였다. 그리움이 녹아 내린 잔에는 신묘함이 있어 아무리 들이켜도 취하지 않았다. 한상 가득 차려져 나온 음식들은 테이블에 그림처럼 박제되었고 주인장은 몇 시간째 그대로인 참치회를 바라보며 자존심이 상한 듯 물었다.

"입맛에 안 맞으셨나봐요. 다 드신 거면 다음 음식 내어드릴까요?"

허기를 채우기에 부족했던 시간을 뒤로하고 다음을 기약했다.

그해 여름 그를 다시 만났다. 이번 만남 장소는 시장 안 횟집으로 민어가 유명한 곳이었다. 시간에 맞춰 도착하니 그가 미리 주문해둔 음식들이 테이블 위로 채워져 갔고 근황을 주고 받는 사이 두툼하게 썰어진 싱싱한 민어회 접시가 중앙에 놓였다. 그는 어여 먹으라며 회 한 점을 앞접시에 올려주었다. 큼지막한 민어회를 집어 입 안으로 밀어 넣고 한참을 씹은 후 겨우 삼켜냈다. 그렇다. 사실 난 회를 먹은 지 얼마 되지 않은, 맛조차도 모르는 '회린이'였다. 잠시 고민하다 주인장에게 가위를 달라했다.

'엥? 가위?' 황당한 표정을 지어보인 주인장의 예상대로 나는 두툼한 민어회를 산산조각냈다. 내가 이런 우스꽝스러운 쇼를 펼치는 사이 선생님의 젓가락은 구이와 전으로만 향했다.

"선생님 회 안 드세요? 전에 참치집도 그렇고 오늘도 이곳에서 보자고 하셔서 선생님이 회를 정말 좋아하시는 줄 알았어요."

그제야 알았다. 그 역시 회를 좋아하지 않는다는 것을. 무엇이든 잘 먹는다 했던 말을 기억하곤 그저 내게 제철 음식을 사주고 싶었다 했다.

주인장도 접시 위 민어도 우리를 한심하게 바라보는 듯 했다. 새빨간 양념장에 잘게 조각 낸 회를 버무린 후 고추냉이를 올려 여러 겹 쌈으로 말아먹었다. 그렇게 몇 병의 술을 비우는 동안 민어회 한 줄을 간신히 비울 수 있었다. 그곳을 나서며 우리는 동시에 다짐하듯 말했다.

"다음번엔 횟집이 아닌 곳에서 만나요."

"그러자. 혹시 낙지볶음 좋아하니? 신기촌에 잘하는 곳 있거든"

회의 맛은 여전히 모른다. 하지만 선생님과 함께한 그 겨울의 참치회와 여름의 민어회 맛은 떠올리면 미소가 절로 지어지는 맛이다. 잘 먹지 못하는 음식도 맛있게 기억될 수 있다는 것을 깨달은 어느 여름이었다.

★ 작가 추천 플레이스

여름 대표 보양식 민어회를
제대로 즐기고 싶다면?

상호
화선횟집

주소 : 인천시 중구 우현로49번길 11-25
영업시간 : 매일 11시 − 21시30분

화선횟집

인천 핫플레이스 신포국제시장 안 민어골목 대표 맛집으로 전국 각
지에서 찾아오는 명소.
자연산 숙성 민어회를 전문으로 하는 이곳에서는 두툼하게 썰려 나
오는 민어회를 부위 별로 맛볼 수 있으며, 껍질, 부레 등, 특수부위도
함께 즐길 수 있다. 그 외에도 전, 탕 등, 민어를 이용한 다양한 요리
가 제공된다. 회린이들끼리 가지 말 것.

아빠의 김밥

어릴 적, 매해 새학기를 앞두고는 섞여버린 바둑알처럼 마음이 뒤엉켜 있었다. 새로운 선생님과 친구들을 만날 기대감과 설렘도 컸지만, 학기 초마다 실시하는 가정환경조사가 기다리고 있었기에 두려움도 밀려왔다. 편부모 가정에 대한 날 선 시선은 그 시절 소심하던 나로서는 쉽사리 감당할 수 있는 것이 아니었다.

소풍을 앞두고도 마찬가지였다. 그 역시 마음속에서 희비가 교차했다. 놀이동산에 가는 일이 세상 무엇보다 행복할 나이였지만, 마냥 좋지만도 않았다. 핑크빛 소풍의 꿈을 검게 말아버린 '김밥' 때문이었다.

요즘은 시중에서 손질된 재료를 쉽게 구할 수 있고 분식집이며 전문점
도 많아져 저렴한 가격에 사먹을 수 있지만, 당시만 하더라도 김밥이나
잡채처럼 손 많이 가는 음식은 명절이나 특별한 날에만 먹을 수 있었
다(적어도 나에겐 그러했다).

오색찬란한 계절, 동산 아래 삼삼오오 모여 앉아 서로 자랑이라도
하듯 도시락을 펼쳐 보이기 시작했다. 온 세상이 고소한 냄새로 물들
었다.

"역시 우리 엄마 김밥이 최고!"

"내 김밥엔 소고기 들어있지."

햄, 달걀, 게맛살, 시금치 등 각종 재료가 빼곡히 들어있는 김밥, 동
물 모양을 본떠 만든 아기자기한 주먹밥, 새콤달콤한 향의 유부초밥까
지 각양각색이다. 양 볼 가득 밥을 밀어 넣고 오물거리는 친구들의 표
정은 세상을 다 가진 듯 보였다. 그런 그들이 부럽고 얄미웠다.

처음 아빠의 김밥을 소풍에 가져간 날을 잊을 수 없다. 친구들의 도
시락을 다 본 후 뚜껑만 매만지다 고심 끝에 열어본 도시락은 역시 다
른 아이들의 것과는 확연히 달랐다. 나무젓가락으로 김밥 하나를 집
어들자 밥알에 대롱대롱 매달렸던 채소들이 후두둑 떨어졌다. 새벽부
터 분주히 만들던 김밥은 무엇이 잘못됐는지 터져버렸고 동시에 나의
눈물샘도 터져버렸다. 속상한 마음도 모른 채 위장은 끊임없이 신호를
보내왔고 난 터진 김밥을 우걱우걱 삼켰다.

집으로 돌아와 소풍은 즐거웠냐는 아빠의 질문에 한마디도 답하지
않았지만, 울상인 이유를 알아차린 듯 아빠는 그날 저녁 오랜만에 삼
겹살을 구워주었다.

다행인지 불행인지 시간이 지날수록 아빠의 김밥은 변화했다. 어떤
날에는 김치 맛이 났고 어떤 날에는 고기 맛이 났다. 그의 열정과 나

의 기대와는 달리 여전히 김밥은 터졌다. 하지만 그나마 다행인 것은 맛만큼은 날로 진화해갔다는 것이다. 중학생이 되어선 "아무렴 어때~ 맛만 있으면 되지!"라는 내 말에 둥글게 말려 있던 그의 허리도 펴지기 시작했다.

아빠의 김밥을 마지막으로 맛 본 게 언제인지 기억나지 않는다. 성인이 되고 더는 소풍을 가는 일도 그를 만나는 일도 줄어갔다. 짐짓 그 시절 그의 나이가 되어 김밥 만드는 것이 여간 까다롭지 않다는 것을 알게 되었다. 하물며 중년의 남성이 집에서 김밥 싸는 것을 여태껏 본 적이 없다. 그때는 몰랐다. 그의 김밥이 정말 특별한 것이었다는 것을.

돌아보니 정작 나는 한 번도 그를 위해 김밥을 만들어본 적이 없다. 그의 영정 앞에 김밥을 올리고 절을 올렸다. 검은 허리를 꾹꾹 눌러가며 몇 번 더 말아보았지만, 결국 터지고야 말았다. 흰 밥알 같은 눈물이.

★ 작가 추천 플레이스

김밥의
정석을 만나다

올찬김밥

주소 : 인천시 중구 신포로23번길4
영업시간 : 08시30분 ─ 19시30분

(매주 일요일, 매월 첫째 월요일 정기휴무)

올찬김밥

이전 작업실 근처에 김밥 맛집이 있다고 하여 찾았다. 달인의 포스가
느껴진다. 직업병 발동. 열심히 김밥을 말고 있는 주인장에게 이것저
것 물었다.

"장사 하신 지 얼마나 되셨어요?"

"이곳에서만 11년, 다하면 20년이 넘죠. 이전에 연안부두에 있었어요."

11년 째 한자리에서 가게의 이름처럼 속이 꽉 찬 김밥을 만들고 있는
집. 특별한 재료 없이 기본에 충실한 이 김밥은 여태 먹어본 김밥 가
운데 단연 으뜸이다.

추억의 맛

　이따금 냉삼집에 가면 어릴 적 자주 먹던 음식들이 밑반찬으로 나온다. 그 중 하나는 '우무묵채'이다. '우뭇가사리'라고도 불리는 이 음식은 해초류의 일종인데, 식이섬유가 많고 칼로리가 낮아 다이어트 식품으로도 인기다. 그냥 먹어도 맛있지만, 고기에 곁들여 먹으면 환상의 맛을 선사한다. 그 곁엔 항상 핑크소시지도 함께한다. 삼겹살 기름에 튀기듯 구워 먹으면 이 또한 별미다.

　희한한 것은 언제 어디서든 '핑쏘'를 먹으면 자연스레 어릴 적 기억들이 소환된다. 비엔나소시지, 꼬마돈까스, 동그랑땡처럼 도시락 반찬 삼대장 안에 들진 못했지만, 많은 사랑을 받았던 아이. 케첩이 뿌려진 비엔나소시지나 돈까스는 바라지도 않았다. 노란 달걀물을 입힌 핑크 소시지가 도시락에 담긴 날이면, 등교길 발걸음이 경쾌했다. 의기양양 도시락통을 열면 시뻘건 김치물을 입거나 검정 콩자반 물이 든 소시지가 들어있을 때도 종종 있었지만, 그 마저도 맛있게 느껴졌다. 평소 김치, 나물 등이 주로 담겼던 도시락에 핑크소시지는 아빠의 감짝 선물 같았다.

이따금 냉삼집에서 고기보다 소시지를 더 많이 먹는 나를 보며 신랑은 '입맛이 싼마이'라 놀리곤 한다. 그때의 설움이 남았던 것인지, 마트에 가면 장바구니에 핑크소시지부터 담는다. 그렇게 추억의 맛은 도시락 반찬 삼대장이 아닌 우리집 반찬 삼대장이 되었다.

메뉴
우무묵채

★ 작가 추천 레시피

맛있는 다이어트식
'우무묵채'

재료 : 우무묵채 한팩, 초고추장 2큰술, 참기름 1큰술, 깨소금,
채소(오이, 양파 등)

❶ 우무묵채를 씻어 채반에 담아 물기를 뺀다

❷ 냉장고에 있는 채소를 꺼내 얇게 채썬다

❸ 볼에 우무묵채를 담고 채썬 채소를 올린다

❹ ❸에 초고추장 2큰술, 참기름 1큰술을 넣은 후 깨소금을 뿌린다

❺ 잘 섞는다 (우무묵채가 부서지지 않게 살살 버무리는 게 관건)

학교 앞 분식집에서 떡볶이, 튀김과 함께 곁들여 먹었던 메뉴 중 하나다. 손질도 레시피도 간단해 요즘도 종종 만들어 먹는 요리.

Recommended recipe

글로 지은 밥

3부. 메뉴에 없는 메뉴

망둥이와 동치미

이란성 쌍둥이 조카와 놀아주는 방식은 각기 다르다. 여자아이와는 만들기, 색칠하기 등 미술에 관련된 놀이를 주로 한다. 남자아이와는 퀴즈나 보드게임을 하는데 게임에서 지는 날이면 녀석은 바둑판을 들고 온다. 바둑을 둘 줄 모르는 내게 한 수 가르치려는 셈이다. 오빠는 요즘 조카에게 바둑과 장기를 가르친다. 어릴 적 아빠처럼 말이다. 이따금 일부러 져주는 아빠의 마음도 모른 채 그럴 때마다 의기양양하다.

오늘도 바둑판을 들고 온 녀석에게 오목 대결을 신청했다. 봐 주는 것 없이 여러 판을 내리 이겼다. 승부 앞에 냉정한 고모. 울고불고 할 줄 알았던 녀석이 큰소리로 외쳤다.

"한 수 잘 배웠습니다."

그런 녀석이 귀엽고 기특하기도 하고 해서 물었다.

"우리 망둥이 뭐 먹고 싶은 거 없어?"

"동치미이~."

몇 해 전부터 겨울마다 동치미를 담그기 시작했다. 망둥이 녀석 때문이다. 편식이 심한 여자아이와 달리 가리는 것 없이 잘 먹는 요 녀석은 마시는 것을 꽤 좋아라 한다. 동치미 국물을 사발째 들이키는 것을 보곤 '핏줄은 속일 수 없다'는 말이 떠올랐다.

생전 아버지도 동치미를 참 좋아했다. 술을 드신 다음날 동치미 한 사발 들이켜고는 시원하다 했다. 날짜를 맞추기라도 한 듯 그런 아버지가 태어난 날 망둥이 녀석들이 태어났다.

조카가 태어나기 전까지 동치미는 내게 '눈물버튼' 중 하나였다. 간밤의 숙취 때문인지 살얼음의 짜릿함 때문인지는 모른다. 마실 때마다 눈가에 이슬이 맺히던 이유를. 하지만 이제는 망둥이 조카 녀석이 먼저 떠오른다.

동치미도 내리사랑인 걸까. 매해 김장은 거르더라도 동치미는 필수 행사다.

169

★ 작가 추천 레시피

메뉴
동치미

동치미는
내리사랑

재료 : 무 1개, 배 1/2개, 양파 1/2개, 마늘 40g, 생강 30g,
천일염, 매실청, 홍고추, 청고추, 쪽파

❶ 튼실한 무를 골라 깨끗이 손질 후 천일염에 절인다

❷ 멸치, 파뿌리, 다시마 등 감칠맛 내는 재료들을 모아 육수를 낸다

❸ 배, 양파, 마늘, 생강 등을 갈아 면보에 거른다

❹ 김치통에 절여진 무를 넣고 육수와 면보에 거른 양념을 붓는다

❺ 그 위에 물을 붓고 소금, 매실청으로 간을 한다

❻ 홍고추, 청고추, 쪽파 등을 올린 후 실온에서 며칠간 숙성한다

사실 동치미 만드는 것을 누구에게도 배운 적 없다. 유명인의 레시피
도 아니다. 미각의 기억을 총동원해 다년 간의 시행착오를 겪으며 만
든, 매해 조금씩 바뀌는 레시피 중 올해 레시피다. 음식을 만들며 느
끼는 것 중 확실한 한가지는 맛은 정성에 비례한다는 사실이다. 먼
훗날 동치미 장인을 꿈꾸며 겨우내 동치미도 망둥이도 잘 숙성되기
를 바라본다.

짠순이의 식탁

2006년 블로그를 시작했다. 계기는 영화.

하루 두 세 편씩 영화를 볼 때다. 나날이 누적되는 정보와 과잉된 감정 처리를 위한 대책이 시급했고, 블로그는 그런 것들을 배출하고 보관하기에 적합한 장소였다. 그렇게 매일 한 두 편의 두서 없는 글쓰기가 시작됐다.

영화가 차곡이 쌓이던 곳에는 여행, 맛집, 일상 등의 이야기들도 함께 저장되었다. 하트가 눌려지고 하나 둘 댓글이 달리더니, 어느덧 구독자가 3만 명에 이르렀다. 지난 십년 간 성실한 연재에 대한 보상이라도 해주듯 포털사이트에서는 내게 '인플루언서'라는 직함을 달아주었다.

이후 여러 업체에서 쪽지와 메일을 보내왔는데 도서, 숙박권, 음식 등을 협찬해 준 후 이에 관한 후기를 작성해달라는 내용이었다. 처음엔 도서나 전시처럼 관심있는 것들에 대해서만 리뷰를 시작했지만 최근에는 식품, 맛집 등에 대한 것을 주로 다룬다. 요즘 같은 고물가시대에 체험단 활동 또한 경제활동의 일부라는 생각이 들었고 식비를 줄여서라도 엥겔지수를 낮추고자 했다.

달걀, 고기, 김치, 찌개 등등 다양한 식료품 박스가 하루가 멀다 하고 현관 앞으로 배달됐다. 사진 촬영과 후기 작성은 내 몫이었지만, 시식은 담당을 따로 두었다.

"오늘은 또 뭐 먹어야 해? 당분간 게장은 없지?"

"배부른 소리 하지 마세요."

172

순간, 얼마 전 무한리필 간장게장집에 다녀와 밤새 물을 벌컥벌컥 들이키던 남편의 모습이 떠올라 미안했지만, 티는 내지 않았다.

월말이 되어 체험단 활동을 시작하기 전과 후의 식비를 비교해봤다. 월 평균 60만 원 이상 차이가 났다. 그렇게 지난 일 년간, 식비는 눈에 띄게 줄었다. 대신 남편의 체중에도 변화가 생겼다. 하루가 멀다 하고 올라오는 고기 반찬에 흐뭇해하던 지난날을 성찰하며 처진 뱃살을 조몰락거리는 그에게 말했다.

"앞으로도 매일 맛있는 거 해줄 테니깐 운동 열심히 하자. 그런 의미에서 저녁은 굴라쉬에 와인 어때?"

그렇다. 오늘의 체험 상품은 '굴라쉬'라는 헝가리 스프다.

★ 작가 추천 플레이스

짜지 않은 정말 맛있는
간장게장을 먹고 싶다면

상호
예담밥상

주소 : 서울 광진구 동일로22길 13
영업시간 : 매일 10시 – 22시

예담밥상

건대입구역 먹자골목에 위치한 25년 전통 간장게장 맛집. 서해에서
잡은 알이 꽉 찬 암게와 직접 재배한 유기농 식재료를 사용하며, 전
통방식으로 만든 두부와 콩비지로 음식을 만들어 건강한 한정식을
맛볼 수 있다. 특별한 날 소중한 사람에게 맛있는 한끼 대접하고 싶
을 때 그리고 간장게장 러버들에게 추천하는 곳. 짜지 않아 간장게
장 무한 흡입이 가능.

여름반찬

결혼 후 본격적으로 요리에 재미를 붙이며 식재료를 고르는 데에도 신중을 기하는 편이다. 나름 세운 철칙 중 하나가 제철 채소를 이용하는 것인데, 이는 재료의 맛이 가장 올라온 시점이자 영양소 함유량이 가장 높기 때문이다. 더불어 높은 수확량으로 저렴한 가격에 구매할 수 있다는 것 역시 간과할 수 없는 부분이다.

여러 제철 채소 가운데, 여름이 오면 빼놓지 않고 사는 것이 있다. 몇 십 개씩 대량으로 구매해 생으로도 먹고 장아찌, 김치 등으로도 만들어 먹는다. 어릴 적에는 그 고유의 향이 싫어 김밥에서 열심히 골라

냈던 기억이 있을 만큼 천대받았던 아이. 오이다.

30개를 사면 10개는 오이지, 10개는 오이소박이를 담근다. 나머지는 피클을 담거나 냉국을 만들고 생으로 먹기도 한다. 일부는 피부에 양보한다. 이중 가장 인기있는 반찬은 단연 오이소박이다.

만든 후 바로 맨밥에 올려 먹어도 맛있고, 하루 실온에서 숙성한 다음 냉장고에 넣어두고 먹으면 더 좋다. 밥 뿐만 아니라 어떠한 음식과도 잘 어울린다. 무엇보다 삼겹살과의 궁합이 좋은데, 느끼하거나 텁텁할 때 입 안을 향긋하고 시원하게 해준다. 무더위에 입 맛 없을 때도 마찬가지. 찬물에 밥을 말은 후 아삭한 오이소박이 하나 올려 먹으면, 집 나갔던 식욕이 성큼성큼 아니 후다닥 달려 돌아온다. 여름철 최고의 반찬은 단연 오이소박이다.

올해는 넉넉히 담가서 '오이소박이 킬러'인 오빠에게, 그리고 최근 자가를 마련한 독거청년에게, 바다 건너 친구에게도 보내야겠다. 제철을 느끼고, 공유할 이들이 있다는 사소한 마음이 드는 것만으로도 오이에게 고마운 계절이다.

★ 작가 추천 레시피

메뉴
오이소박이

집 나간 입맛
찾아주세요

> 재료 : 오이 10개, 천일염, 부추 1단, 양파 1개, 당근 1/2개,
> 고추가루 6큰술, 까나리액젓 4큰술, 매실청 2큰술, 다진 생강 1큰술,
> 다진 마늘 2큰술, 갈아 만든 배 음료 1/2캔, 통깨

❶ 오이를 세척한 후 양쪽 꼭지를 잘라낸다 (돌기 및 가시 제거는 굵은 소금으로 문지르거나 칼등으로 긁어낸다)

❷ 오이를 4등분 한다

❸ 토막낸 오이를 밑바닥에서 1.5센티 정도 남겨두고 십자모양으로 칼집낸다

❹ ❸을 끓인 소금물을 부어 30분간 절인다

❺ 부추, 양파, 당근 등을 채를 썬 후 볼에 담는다

❻ ❺에 고추가루, 까나리액젓, 매실청, 다진 생강, 다진 마늘, 배 음료를 넣고 버무린다

❼ 절인 오이를 찬물에 헹군 후 물기를 뺀다

❽ ❼에 만들어 놓은 소를 채워넣는다

❾ 하루 실온 보관 후 냉장고에 넣는다

> 어떤 김치를 만들든 재료 손질부터 양념장 만들기까지 손이 많이 간다. 하지만 분명한 것은 맛은 시간과 정성에 비례한다. 오이소박이는 백전백승이라 자부할 만큼 맛이 보장되는 내 필살기 가운데 하나다. 사실 싱싱한 제철 오이만 있으면 실패할 확률이 거의 없는 쉬운 요리다.

코리안 칵테일

소주 한 잔을 넘기기 위해
물 한 컵이 필요했던
시절이 있었다 내게도

사회초년생에게 필참이었던
회식은 업무의 연장이자
더러 술 고문장이 되기도 했다

성난 파도가 넘실대듯
울렁이는 속을 몇 차례 게워낸 후에야
잠들 수 있었던

오랜 사회생활로
단련된 것은
경험과 체력 뿐만이 아니다

'애주가'라는 별칭을 얻은 지금
숟가락으로 맥주병 따는 일이나
과음 후 이튿날 새벽 6시 기상
정도쯤은 너끈하다

이따금 들어오는 선물은
와인, 위스키, 고량주 등
대부분이 주류다

누군가 물었다
"가장 좋아하는 술이 뭐에요?"
"쏘맥이요. 치킨, 피자, 삼겹살, 회 등등
그 어떠한 음식에도 잘 어울리거든요"

레시피는 초간단
재료는 맥주 그리고 소주
비율은 1대 1(취향껏, 주량껏)

적당한 탄산이 알콜의 쓴 맛을 덮어주고
시원한 청량감이 목젖을 스치면
절로 탄성이 내질러지는 코리안 칵테일

무언가 석연찮거나
말아먹은 듯한 기분이 드는 날
기쁜 일이 있거나
천천히 달리고 싶은 날
그 어떤 날, 어느 자리에도
잘 어울리는 술

사실
맛은 없다
그저 맥주보단 덜 배부르고
소주보단 덜 쓴 정도

이십 년 넘게 마셔왔지만
술 맛을 알았던 적은 없었다
사십 년 넘게 살아왔지만
여전히 모르는 인생의 맛처럼

어쩌면 끝내
모르는 게 약일 수도

★ 작가 추천 플레이스

주머니 가볍고
마음 무거운 날 찾기 좋은 곳

상호
우리집

주소 : 인천과 김포의 경계 어딘가
영업시간 : 연중무휴

우리집

주류만 지참하면 프리패스. 24시간 연중무휴로 안주 무한리필 가능한 곳. 다만, 메뉴 선택권은 주인장에게 있음. 메인 메뉴는 그날의 냉털 요리. 단골 메뉴로는 마파두부, 통삼겹바베큐, 올리브파스타 등이 있다.

주인장 특징 : 요리를 배운 적 없지만 음식 만들기 좋아함. 쏘맥 제조 능함. 숟가락으로 병뚜껑 따기 스킬 보유.

오뎅 예찬

참새가 방앗간을 못 지나치듯
나에겐 포장마차가 그렇다

특히나 겨울이면
빨간 천막 틈새로 새어나오는
뽀얗고 하얀 김은 마법이라도 부리듯
나를 홀린다

마흔이 넘긴 지금도 혼밥, 혼술은 꺼리지만
이곳에서만큼은 쭈뼛거리는 일이 없다

출격 오뎅 앞으로!!!

멸치와 다시마, 무를 통째로 넣고
종일 푹 고은 육수에 몸을 풍덩 담그고 있는
부드럽고 촉촉하며 깊고 진한 맛을 자랑하는
꼬치오뎅, 예나 지금이나 원픽이다

꼬치 하나를 집어들면
물결무늬로 접혀있던
오뎅 끝이 툭하고 풀어진다

냉큼 입을 벌려
묵직한 오뎅을 입 안 가득 베어물면
안도와 후회도 동시에 밀려든다
'앗 뜨거! 또 데였다'

간장소스 곁들이는 방법은 나날이 진화중이다
작은 뚝배기에 담긴 간장을
여럿이 찍어먹었던 시절도 있었다
위생상의 문제로 새로운 도구들이 등장하기 시작했는데
붓으로 발라 먹기도 했고, 분무기로 뿌려먹기도 했다

꼬치 두 개로 어느 정도 배를 채우면
마무리에 들어간다
수북이 쌓여진 종이컵 하나를 집어
국물을 가득 담는다

허물 벗겨진 입천장에
미안한 마음은 잠시 거둔다
식도와 위를 한 번에 이어주는 느낌이다
자고로 오뎅국물은 뜨거워야 제 맛이다

오뎅
천 원으로 사 먹을 수 있는
몇 안되는 음식이다

추억도 맛도 가격도 변치 않기를

* '오뎅'은 일본어로 우리말로는 '어묵'이 정확한 명칭이다. 하지만, 어릴 적부터 부르던 단어
  의 어감이 주는 특별한 맛이 있기에 본 글에서 우리말 대신 '오뎅'이란 표현을 사용하였
  음을 양해바란다.

★ 작가 추천 플레이스

퇴근길 가볍게 즐길 수 있는
가성비 좋은 오뎅집

상호
역전오뎅집

주소 : 인천 서구 청마로175, 1층
영업시간 : 17시 – 02시 (일요일 정기휴무)

역전오뎅집

원하는 종류의 오뎅을 저렴한 가격으로 마음껏 즐길 수 있는 곳. 혼
자도 좋고 여럿이어도 좋다. 퇴근길 들러 가볍게 한 잔 하기 좋은 곳.

치유의 맛

가장 잘하는 요리는
'잡채'다

안 먹어본 사람은 있어도
한 번 먹어본 사람은 반드시 다시 찾게 된다는
마성의 맛
(뭐 주로 가족들 반응이긴 하다)

잡채를 하는 날이면 마음가짐이 다르다
평소와 달리 앞치마를 두르고 조리용 장갑까지 낀다

일일 주방보조 남편의 입에 한가득 넣어주고
그가 엄지손가락을 치켜올리면
비로소 완성이다

25인분이라 적힌 당면 한봉지로 만든 잡채는
5리터 김치통 두개 정도에 담길 양이다

"고모가 만든 잡채가 제일 맛있어!"
"유림이 잡채 잘 만드는구나!"

잡채를 만드는 날은 가족을 만나는 날이 대부분이다

손이 많이 가는 이 음식을
명절이나 생일 외에도 종종 만드는 편이다

맛도 맛이지만 이유는 따로 있다

잡채는
주에 두 세번은 말아먹는 김밥처럼
어릴 적 결핍이 낳은 음식 중 하나다

음식도 사랑도 어느 것 하나

풍족하지 않았던 시절에 대한
애써 무던한 척 했던 나에 대한
일종의 보상과도 같다

조리하는 과정과 시간을 통해
스스로를 치유하고 있는 중인지도

때론
글을 쓰는 것처럼
음식을 만드는 것도
위로가 된다

★ 작가 추천 레시피

Recommended recipe

메뉴
잡채

만들수록
점점 불어나는 음식

> 재료 : 당면 1봉지(25인분 기준), 시금치 1단, 당근 1개, 양파 2개,
> 표고버섯 300g, 느타리버섯 한팩g, 돼지고기 반근, 달걀 2개(지단용),
> 소금, 후추, 간장, 올리고당, 참기름, 통깨

❶ 준비한 재료를 손질한다

❷ 당면을 삶는다 (팔팔 끓는 물에 면을 넣은 후 퍼지지 않고 탱글하게 삶기 위해서는 기름 5큰술, 먹음직스러운 색을 내기 위해서는 간장 5큰술을 넣은 후 8분 간 졸이듯 삶는다)

❸ 시금치는 데친 후 소금과 참기름으로 간하여 버무린다

❹ 나머지 채소와 고기는 얇게 채 썬 후 소금으로 간하여 기름에 볶는다

❺ 준비된 재료를 볼에 담는다

❻ 삶은 당면은 물기를 빼고 볼에 담은 후 간장 3큰술, 올리고당 2큰술, 참기름 2큰술을 넣고 버무린다 (화상주의 : 갓 삶아낸 당면은 아주 뜨겁다. 필히 두꺼운 속장갑이 필요하다)

❼ 준비한 속재료를 한데 넣고 고루 섞는다

일단 손질해야 할 재료가 수북하다(잡채는 당면보다 속재료가 많을수록 맛있다). 다듬고 씻고 삶고 볶는데만 반나절. 속재료 준비는 시간만 오래 걸릴 뿐 소금과 후추로 밑간만 하면 되기에 딱히 어려울 것은 없다. 관건은 면 삶기(레시피 참조). 면을 삶는 동안 속재료를 준비한다. 냉장고를 열어 남은 채소, 고기를 더 꺼내어 볶는다. 애초 예상했던 양이 아니다. 사랑이 많이 담길수록 뚱뚱해지는 김밥처럼 만들다 보면 점점 불어나는 잡채.

아쉬운 맛

더 늦기 전에 버킷리스트 중 하나인 '외국에서 살아보기' 실현을 위해 호주로 떠났다. 아는 거라고는 시드니 오페라하우스와 피쉬앤칩스가 유명하다는 정도. 첫 외국살이가 녹록치 만은 않았다. 어설픈 영어 실력으로 음식은 커녕 커피 주문도 쉽지 않았다. 무엇보다 호주 카페엔 '아메리카노'가 없다는 사실에 무척이나 당황했던 기억이 있다. 내가 즐겨 마시던 그 뜨겁고 연한 커피를 호주에선 '롱 블랙'이라 불렀다.

내가 머물던 지역은 호주에서 세 번째로 큰 도시였는데, 주로 다니던 동선이 영어학원이 있던 번화가여서 그랬을 수도 있겠지만 원주민

보다 이민자 혹은 여행자들이 더 많다는 느낌이 들었다. 그래서인지 거리마다 세계 각국의 음식점들이 즐비했고 피시앤칩스 매장보다 일본, 중국, 말레이시아 등 아시안푸드점을 많이 찾았다. 불고기, 김치찌개 등을 파는 우리나라 음식점 또한 한국인을 비롯하여 외국인들에게도 인기였다.

가난한 유학생에게 허용되는 외식은 달에 두 번, 한국에서 오빠가 용돈 보내주는 날이었다. 도장깨기 하듯 맛집이라는 곳들을 찾아다녔지만, 삼십 년 넘게 베어버린 입맛은 쉽게 버릴 수 없는지 우리나라 음식보다 맛있는 것은 발견하지 못했다. 그러던 중 문득 궁금해졌다. '호주에선 해장이 필요할 땐 무슨 음식을 찾지?' 애주가다운 발상. 유학 3년 차 하우스 메이트에게 물었더니, 다음날 같이 가자며 해장을 잘 하기 위해 와인을 마시자 했다. 이튿날 고의적으로 만들어낸 숙취를 안고 그가 인도하는 곳으로 향했다. 간판에 'Malaysian Cuisine'라 적혀 있었다. 하우스 메이트는 생소한 이름의 메뉴를 주문했고 이내 음식이 나왔다. 새우, 오징어, 피쉬볼 등 각종 해산물이 올려져 있었는데 불그스름하고 진득해 보이는 국물에선 고소한 향기가 났다. 냉큼 국물을 떠먹어봤다. 태어나서 처음 보는 맛이었다. 기대했던 짬뽕 맛과는 달랐지만 해산물의 시원함과 약간의 칼칼함 그리고 뭔지 모를 고소함이 동시에 느껴지는 신선한 맛. '락사'. 생선이나 닭으로 우린 매콤한 국물에 쌀국수를 넣어 만든 말레이시아 면요리였다. 크림, 토마토파스타만 먹다가 로제파스타 먹는 느낌이랄까. 먹으면 먹을수록 깊이감이 느껴지는 맛이었다. '세상은 넓고 먹을 건 많다'라는 말이 괜히 있는 게 아니었구나. 용돈날마다 그곳을 찾았다.

일년 여의 호주살이를 마치며 아쉬울 것 하나 없었는데 딱 하나 걸리는 것, '락사'였다. 더는 이 맛을 보지 못하다니.

수년을 잊고 살다가 TV에서 싱가포르의 락사 맛집이 나왔다. 여행 프로그램을 통해 새로 알게 된 사실은 락사는 두 종류가 있었는데, '코코넛 밀크'를 넣어 만든 부드러운 맛의 '락사 르막'과 '타마린드'라는 열매의 즙을 넣은 새콤한 맛의 '아쌈 락사'로 나뉜다는 것이다. 잊었던 미각의 기억이 깨어났다. 아무리 찾아도 주변에 락사 파는 곳이 없었고, 재료들이 생소해 만들어 먹을 수도 없는 노릇이었다. 그나마 다행인 것은 인터넷쇼핑몰에 '락사라면'이란 것이 유통되고 있었다. '꿩 대신 닭이라도' 하는 심정으로 주문 완료. 마트에 가서 고명으로 얹을 새우, 오징어, 두부, 청경채 등의 재료를 구매했다.

그렇게 십 년만에 다시 마주한 락사는 못내 헤어진 연인과의 조우와도 같았다. 그때의 맛은 아니었지만, 잊고 지낸 무수한 기억이 떠오르는 맛, 약간의 설레는 맛이었다. 그리고 그 끝맛엔 아쉬움이 달렸다. 언제 또 만날지 모르기에 느껴지는.

남편에게 말했다.

"안되겠다. 다음 여행은 싱가포르로 가자."

★ 작가 추천 플레이스

이국적인 맛을
느끼고 싶을 때

상호

파파야미

주소 : 경기 김포시 김포한강9로76번길 21
영업시간 : 10시30분 – 21시 (수요일 정기휴무)

파파야미

필자의 인생 쌀국수집. 베트남 셰프가 운영하여 현지의 맛을 제대로
느낄 수 있는 곳으로 진한 국물과 쫄깃한 면발의 쌀국수는 한번 맛보
면 절대 잊을 수 없다. 해장이 필요하다면 똠얌꿍을 베이스로 한 '똠
얌쌀국수' 또는 소앞다리살을 푹 고아 우려낸 '퍼보코'를 추천한다.

백야엔 맥주와 닭꼬치

세상의 모든 고통이
내게로만 오는 것 같은
그런 시절이었다

어디로든 떠나야만
살 수 있을 것 같았다

스스로에게 내린 특약처방

독일행 표를 끊고
절반이 약으로 채워진
가방을 꾸렸다

모스크바를 거쳐
뒤셀도르프 공항에 도착했다

목적지에 가기 위해선
기차를 타고 반나절을 더 달려야 한다

기차역에 들어서니
친구의 얼굴이 스쳐지났다

194

그는 대학시절 아니 입시 준비 때
학원에서 만난 사이로
독일에서 유학중이었다

19박 20일간 여러 도시를 거치며
맛집들을 찾아다녔다

그중에서도 가장 기억나는 것은
베를린의 슈바이학센
로마의 화덕피자
바로셀로나의 하몽과 빠에야
벨기에의 와플

도 아니다

암스테르담 캠핑장에서 먹었던
맥주와 닭꼬치다

평일 늦은 오후의 캠핑장은
꽤나 한산했다

원터치 텐트와 돗자리를 펼친 후
마트에서 사온 먹거리들을 꺼내놓았다

버너에 밥을 올리고
일회용 화롯대에 불을 지핀 후
고기와 버섯을 올렸다

맥주 한 모금을 들이킨 후
붉게 물드는 노을을 바라보았다

꼬들한 냄비밥도
노릇하게 구워진 고기도
쓰린 속을 달래주었다

보내고 싶지만
태양은
떠나갈 생각이 없어보였다

195

하얀 밤을 바라보며
친구에게 그간 있었던
일들을 털어놓았다

백야

맥주와 닭꼬치가 더 필요한 밤이었다

끝나지 않을 것만 같던
하루가 지나고
끝나지 않을 것만 같던
원망도 보냈다

여행에서 돌아와 병원을 찾았다
완치 판정을 받았다
6개월 만이었다

★ 작가 추천 플레이스

일본 정통 '야키토리'를
맛보고 싶다면

상호
쿠시토리

⊙ 주소 : 인천시 서구 중봉대로586번길 9-11
　　영업시간 : 17시 – 24시 (일요일 정기휴무)

쿠시토리

일본 현지의 감성을 느낄 수 있는 청라 맛집으로 도란도란 이야기 나
누기 좋은 일식당이다. 시원한 아사이 생맥주와 최고급 비장탄에 구
워낸 야키토리를 맛 볼 수 있는 곳.

* 야키토리 : 닭고기나 내장을 한입 크기로 잘라 꼬치에 꿰어 숯불에 가볍게 구
운 후 소금이나 간장 소스를 발라 구운 요리

에필로그

음식을 주제로 한 다양한 에피소드를 쓰고자 했으나, 이야기는 결국 사람에 대한 이야기로 이어졌다. 1인 가구가 늘어나며 혼밥 혼술 등의 식문화가 자리 잡고 나 역시 이러한 일이 빈번해졌지만, 이는 단순 허기를 달래기 위함이다. 고로 맛있는 한끼에 대한 기억은 없다. 대개 특별했던 음식이나 장소의 기억은 누군가와 '함께'였을 때다.

식구食口 : 끼니를 같이 하는 사람

스무살 이후 '가족'이란 말 보다 '식구'라는 말을 더 자주 사용해왔다. 학교 친구, 직장 동료, 연인까지 새로 속하거나 만들어진 공동체 속에서 끼니를 나누며 평안과 위로를 느꼈다. 이때부터 이미 눈치 챘는지 모른다. '밥정'이라는 것이 마음 속에 뭉근히 자리하며 얼마나 깊이 뿌리 내리는지.

호랑이할머니와 쑥개떡, 선생님과 민어회, 망둥이와 동치미 등처럼 때로는 맵고 때로는 짜디 짜게 버무려졌던 기억들에 이제는 그리움의 간이 베어 고운맛이 더해졌다. 음식도 추억도 오랜 숙성을 거칠수록 감칠맛이 배가 되나보다.

본문 안에 몇 가지 레시피도 포함되었다. 다만, 맛은 보장할 수 없다. 사진에서의 오차는 용납 못하지만, 요리에서 만큼은 관대한 나의 레시피는 해마다 조금씩 바뀌기 때문이다.

음식에세이를 쓰며 새로이 깨달은 것은 글을 쓰는 것처럼 음식을 만드는 일 또한 위로가 될 수 있다는 것이다. 그 힘의 원천은 늘 결과보다는 과정에 있다.

날카로운 칼날을 뜨거운 불길을 두려워 말아야 한다.
과한 양념을 보태지 말아야 한다.
설익거나 너무 익혀서도 아니된다.

그래야 글도 음식도 맛있어지고 먹고 난 후에도 소화가 잘 된다. 이로 나는 또 하나의 인생레시피를 얻었다. 밥친구가 필요한 세상의 모든 이들에게 추억의 레시피를 기꺼이 나눌 수 있음에 감사하며 어수선해진 주방도 마음도 정리를 시작해보고자 한다.

200

※ 본 도서는 인천광역시와 (재)인천문화재단의 후원을 받아 '2024 예술창작지원사업'으로 선정되어 발간되었습니다.

publisher   instagram

글로 지은 밥

초판 발행 2024년 12월 17일

지은이 유림

펴낸이 최대석 **펴낸곳** 행복우물 **출판등록** 307-2007-14호

등록일 2006년 10월 27일

주소 a1. 서울특별시 종로구 종로1길 50 더케이트윈타워 B동 위워크 2층

     a2. 경기도 가평군 경반안로 115

전화 031-581-0491 **팩스** 031-581-0492

전자우편 book@happypress.co.kr

정가 16,000원 **ISBN** 979-11-94192-18-3